I0754011

L'ombre du doute

Avertissement : ce livre est une œuvre de fiction. En conséquence, toute homonymie, toute ressemblance ou similitude avec des personnages et des faits existants ou ayant existé, ne saurait être que coïncidence fortuite et ne pourrait en aucun cas engager la responsabilité de l'auteur.

Philippe FONTANEL

L'ombre du doute

Éditions du Cluzel

Du même auteur :

« **Souvenirs en ligne** » paru en 2011

« **Qui es-tu vraiment ?** » paru en 2013 et 1er Prix de Littérature du Lions Club International.

« **Si tu savais…** » paru en 2015

« **Rien ne s'efface** » paru en 2017 et plébiscité par Michel Bussi. *« L'intrigue est ingénieuse, passionnante, comme je les aime. »*

« **Mémoire trouble** » paru en 2019, finaliste du Prix du Jury des Plumes Francophones 2019 et 1er Prix du Polar à l'Automnale du Livre de Sury Le Comtal 2019.

« **Déjà-Vu** » paru en 2020 et plébiscité par Michel Bussi. *« Vous avez le sens de l'intrigue et des histoires addictives. »*

« **Ne renonce jamais** » paru en 2022

« **Une lueur dans la nuit** » paru en 2024 et finaliste 2025 du Prix des Mordus de Thrillers.

Retrouvez toutes les informations sur le site internet de l'auteur : philippefontanel.free.fr
Ou sur la page Facebook : Phil Fontanel Auteur

Éditions du Cluzel. editionsducluzel.wixsite.com
ISBN 13 : 978.2493.628.442
Dépôt légal : 2ème trimestre 2026
Couvertures : réalisation Thorkael Morra

1

10 octobre 2025

Immobile devant la fenêtre de mon bureau, je contemple le ciel gris, le soleil masqué par une épaisse couche de nuages.

Durant la nuit, une fine bruine a rendu les trottoirs glissants. Depuis quelque temps déjà, les feuilles des arbres ont viré du vert à une multitude de couleurs allant du jaune au pourpre dans un dégradé flamboyant. Sous l'effet d'une légère brise, elles tombent une à une pour voleter jusqu'au sol. Le décor typique d'un début d'automne où s'installent les premiers froids.

Je détache mon regard de l'avenue. Après avoir bu mon café, le troisième depuis que je suis levé, j'enfile ma veste.

Je me sens engoncé, le tissu tire de partout, signe évident que j'ai pris du poids. Dépité, je quitte mon bureau du 99 bis cours Fauriel, siège du commissariat central de Saint-Étienne.

Avant de refermer la porte, mes yeux s'attardent sur la plaque métallique vissée sur le bois : *« Commissaire Boris Lenatnof ».*

Mon nom. Ma fonction. Deux mots censés résumer toute une vie. Une carrière entière à croire que j'étais capable d'encaisser tous les coups. Pourtant, aujourd'hui, je ne suis pas prêt à affronter ce qui m'attend : un enterrement.

Pas celui d'une connaissance ni même d'un collègue.

Non. Celui d'un ami.

Un homme avec qui j'ai tout partagé : les nuits de garde interminables, les heures de planque à l'étroit dans une voiture glaciale, les cafés beaucoup trop forts avalés à l'aube. Et surtout, nos plus belles victoires. Pas celles qui s'étalent en une des journaux, mais celles qui comptent vraiment.

Celles qui vous rappellent pourquoi vous avez choisi ce métier.

Celles qui donnent le sentiment d'avoir été utile.

Je fais grise mine. Comment pourrait-il en être autrement ? Je pousse un long soupir, puis je tire la porte. Elle se referme dans mon dos avec un claquement sec.

Sur mon passage, les collègues me saluent d'un signe discret de la main ou d'un hochement de tête. Une atmosphère pesante règne contrastant avec l'agitation habituelle.

Ginette contourne le guichet et s'avance vers moi, l'air préoccupé.

— Que se passe-t-il ? demandé-je.

La fonctionnaire de police ne répond pas tout de suite. Se hissant sur la pointe des pieds, elle étire les bras et ajuste ma cravate.

— Comme ça, ce sera mieux, commissaire, dit-elle à voix basse. Dites-moi… depuis combien de temps n'avez-vous pas porté ce costume ?

— Je ne sais plus trop… des années, j'imagine.

D'un geste rapide, elle replace le col de ma chemise puis retombe sur ses talons.

— Désolée patron, mais vous étiez un brin négligé. Une chance que je sois là, dit-elle en se forçant à sourire. Un sourire crispé.

Elle recule d'un pas et ajoute :

— J'avais énormément d'affection pour Éric. On a travaillé longtemps ensemble.

— Je sais.

— Un collègue attachant et drôle. Son décès m'a bouleversée.

Sa voix s'étrangle et la fin de sa phrase se perd dans un borborygme incompréhensible. Ginette sort un mouchoir de sa poche et essuie les larmes qui roulent sur ses joues.

Autour de moi, tous les agents présents, mais surtout les anciens, ceux qui ont connu Éric Vinkler, affichent le même regard affligé.

Je pose ma main sur l'épaule de Ginette et la presse doucement. Son émotion est contagieuse. Ma gorge se noue. Je déglutis avec peine avant de m'éloigner et passer les portes du commissariat.

Dehors, l'air vif me cingle le visage. Ce coup de fouet me fait du bien. Je relève le col de ma veste et rejoins ma voiture garée sous les platanes qui bordent l'avenue.

Installé derrière le volant, je m'apprête à tourner la clé lorsqu'une image me traverse l'esprit : celle de Ric, comme tout le monde l'appelait.

Notre première rencontre remonte à 1982, autant dire une éternité. À l'époque, tout semblait plus simple qu'aujourd'hui.

Pas de téléphone mobile ni de réseaux sociaux, pas de chaînes d'informations en continu où tout s'emballe, où chaque rumeur devient LA vérité avant même d'être vérifiée.

Les nouvelles circulaient lentement. Elles passaient de bouche-à-oreille, se glissaient dans les conversations au café ou sur le pas des portes, puis se confirmaient parfois dans les colonnes du journal. Le soir venu, beaucoup attendaient le 20 heures à la télé. Christine Ockrent venait alors mettre des mots et des images sur ce que l'on ne connaissait jusque-là que par bribes.

J'ai le sentiment que l'on vivait davantage dans l'instant présent, sans être perpétuellement happés par l'urgence, par l'immédiateté.

En 1982, les cigarettes se consommaient partout, même dans les bureaux de police, la fumée se mêlant à l'odeur du café filtre. Les journées étaient rythmées par le grésillement de la radio et le tintement des machines à écrire.

J'avais 22 ans et Ric 35. Je venais d'être affecté au commissariat central à Saint-Étienne. Mon premier poste après l'école de police.

Aussitôt, je plonge dans mes souvenirs.

2

1er mars 1982

Lundi, 8 heures du matin. La boule au ventre, je franchis les portes du commissariat situé au 99 bis cours Fauriel.

J'ajuste le nœud de ma cravate, puis je me présente devant le guichet. Un léger frisson d'appréhension me traverse.

Une jeune femme en uniforme s'avance vers moi. Ses cheveux sont tirés en un chignon impeccable qui ne laisse échapper aucune mèche. Elle esquisse un sourire poli, celui qu'elle adresse sans doute à tous, sans distinction.

— Bonjour. Que puis-je faire pour vous ? dit-elle d'un ton à la fois poli et mécanique.

— Je m'appelle Boris Lenatnof. Je... je suis policier... enfin, inspecteur, bafouillé-je en posant devant elle le courrier reçu de l'administration qui stipule mon lieu d'affectation et mon grade.

Sans même y jeter un regard, elle se tourne vers la pièce du fond, là où plusieurs hommes discutent près du distributeur de boissons, un gobelet à la main.

D'une voix aiguë, elle lance :

— Ric, c'est pour toi.

Le plus grand d'entre eux abandonne ses collègues et vient se planter devant moi. Il me dépasse d'une tête. Moustachu, blond comme les blés et large d'épaules, il est vêtu d'un jeans délavé, d'une chemise bariolée et d'un blouson en cuir avec le col en fourrure.

La préposée à l'accueil s'empare de mon courrier et le lui tend.

— Merci Ginette.

Il le parcourt rapidement des yeux.

— Boris Le-nat-nof, articule-t-il lentement.

Il me dévisage de la tête aux pieds.

— Costard, cravate, les pompes bien cirées. Alors, c'est toi le bleu ? Notre nouvel inspecteur ?

Avant que je ne réponde, il poursuit :

— Pas évident à prononcer. T'es d'où ? De quel pays exotique, je veux dire ? L'administration a le chic pour nous envoyer toutes sortes d'énergumènes. Tu parles français au moins ?

Sa réflexion me pique au vif. Je remonte mes lunettes sur mon nez.

— Je suis né à Saint-Étienne, répliqué-je agacé, et j'ai toujours vécu ici. Quant à mes parents, ils sont originaires de Russie. Mon père était mineur au puits Couriot, dans le quartier du Clapier. Il est mort lors d'un éboulis dans une galerie, par sept cents mètres de fond. J'ai perdu ma mère d'une septicémie foudroyante alors que j'entrais au lycée. C'est ma sœur, Roxana, qui m'a élevé. C'est bon, l'interrogatoire est terminé ou vous voulez voir ma carte d'identité ?

Un instant, il me fixe comme s'il décryptait une équation, puis il éclate de rire.

— Tu me plais et j'aime ta répartie. Je te taquinais, bien sûr. J'ai besoin de savoir à qui j'ai affaire et surtout avec qui je vais bosser, car tu es dorénavant mon coéquipier, mon partenaire. Ravi de t'accueillir au 99 bis, Boris, dit-il en me tendant la main. On se tutoie ?

Sa large paume engloutit la mienne, façon presse hydraulique. Ce gars a une poigne de fer.

— Après le service, on passera chez moi. Je te présenterai la femme de ma vie. Elle est belle comme le jour et s'appelle Rosita. C'est une perle.

Éric Vinkler a le sourire insolent de ceux qui se croient invincibles et un regard vif qui ne laisse personne indifférent.

Très vite, une complicité spontanée s'installe entre nous. Comme si nos chemins étaient destinés à se croiser. Rien ne nous a préparés à ce lien, mais il s'est imposé, naturel, évident.

Au fil des jours et des missions, notre tandem se renforce. Nos différences, loin d'être des obstacles, deviennent des atouts.

Lui, l'extraverti flamboyant, la grande gueule charismatique. Moi, son opposé : réservé, plutôt taciturne à l'humour mordant voire grinçant. Quand il fonce tête baissée, je garde le recul nécessaire. Là où je vois des problèmes, il trouve des solutions ou des ennuis, ça dépend des jours.

Notre entente amuse nos collègues au commissariat au point qu'ils nous surnomment *« Starsky et Hutch »*. Ce clin d'œil me fait toujours sourire, parce qu'au fond, ce n'est pas si loin de la vérité.

Les enquêtes s'enchaînent, toujours marquées par cette connivence qui ne s'explique pas.

Peu à peu, on se connaît par cœur et un regard suffit pour comprendre ce que pense l'autre. Dans la salle d'interrogatoire, ce lien devient notre arme la plus redoutable : je joue le bon flic. Ric, celui qui observe, silencieux, prêt à frapper là où ça fait mal. C'est notre méthode. Et jusqu'ici, elle a toujours été efficace.

Ric est devenu bien plus qu'un collègue. C'est un ami sur qui je peux compter sans réserve et à qui je confierais ma vie sans l'ombre d'une hésitation. Et je sais que la réciproque est vraie.

Cette image de nos débuts s'efface pour laisser la place à ce qui a été l'épisode le plus marquant de ma carrière de flic passée aux côtés d'Éric Vinkler.

Tout a démarré le 9 avril 1986.

À ce moment précis, je n'imaginais pas que cette date resterait à jamais gravée dans ma mémoire.

3

9 avril 1986

La sonnerie du téléphone me réveille en sursaut.

Je tends le bras vers la table de chevet.

— Désolé de te réveiller, mon pote. C'est Éric.

L'oreille sur le combiné, je jette un coup d'œil au radio-réveil : 1 heure du matin.

— T'as vu l'heure ? marmonné-je en bâillant à m'en décrocher la mâchoire. Si tu m'appelles, ça veut dire que tu t'es encore fourré dans un plan foireux. Je me trompe ?

— C'est pas faux. Un gars m'a balancé un tuyau. Une partie de poker clandestine avec des gamins, de riches fils à papa qui veulent connaître le frisson du jeu, l'adrénaline. J'ai senti qu'il y avait moyen de se faire du fric vite fait, bien fait. J'ai sauté sur l'occasion, histoire…

— Abrège, l'interromps-je.

— J'avais un carré de neuf. Une main en or. La chance qui me tournait le dos depuis un moment était de retour. J'ai misé, et un des freluquets a relancé. Sûr de moi, j'ai continué et mis le paquet. Au bout du compte, il a abattu ses cartes sur la table de jeu : quinte flush royale. Dix, valet, dame, roi et as de la même couleur, le truc qui n'arrive qu'une fois dans la vie.

— T'as perdu combien ? demandé-je sèchement.

— Gros.

— Combien ?

— Dix mille balles. Tu peux me faire l'avance ? Bien sûr, je te rembourserai. T'as ma parole.

— Demain, va voir ton banquier et arrange-toi avec lui.

— Je voudrais bien… mais disons que ce gars et ses potes sont du genre pressant, si tu vois ce que je veux dire. Ils veulent l'oseille illico.

— Tu veux que je le trouve où ce pognon ? Et en plus à une heure pareille.

— Au commissariat, il y a sûrement cette somme dans les scellés, lâche-t-il dans un murmure.

Incapable de contenir ma colère, je hurle dans le téléphone :

— Tu te rends compte de ce que tu me demandes ? Si je me fais pincer, c'est le renvoi direct.

— Allez, Boris, sois sympa. C'est l'affaire de quelques heures tout au plus. En début de matinée, je t'apporte le blé et tu remets tout en place. Ni vu ni connu. Mais surtout, tu me sauves la mise.

J'explose littéralement.

— Tu m'emmerdes, Ric ! Débrouille-toi !

Agacé, je m'apprête à reposer le combiné quand l'écouteur se met à grésiller. Des sons étouffés, rauques. Comme des souffles mêlés à des coups sourds.

— Qu'est-ce qui se passe, Ric ? lancé-je, soudain inquiet, en écrasant l'appareil contre mon oreille.

À l'autre bout du fil, la voix est brouillée, noyée dans des parasites.

— Ric ? crié-je. C'était quoi ça ?

Un râle me parvient, puis la voix de Ric déformée :

— C'étaient les pains que je viens de me prendre en pleine tronche. Un des gars n'est pas du genre commode ni très causant. Mais il tape dur.

— Tu viens de me dire que c'étaient des gamins !

— C'est vrai, mais pas le type qui les chaperonne. Il fait une tête de plus que moi et doit peser un quintal. Il menace de me faire la peau si je ne règle pas mon ardoise.

Il y a de l'empressement dans chacune de ses syllabes.

— Boris, aide-moi, je t'en prie, dit-il suppliant.

Je ferme les yeux, partagé entre la colère et la résignation.

— Tu me fatigues, Ric. T'es un boulet, fais-je sèchement en mettant mes lunettes.

— Je sais. Merci.

Ric me connaît mieux que personne. Il sait lire entre les lignes. Il a compris que je ne le lâcherais jamais.

— Où es-tu ? soufflé-je bruyamment dans le combiné.

— Dans l'arrière-salle du bar près de chez moi. Là où je prends mon café tous les matins.

— Okay. Dis-leur que je serai là dans une heure... avec l'argent.

4

Comme Ric me l'a indiqué, il est dans l'arrière-salle du bistrot. Affalé sur une chaise, la tête en vrac, entouré de trois jeunes hommes. Vingt, vingt-cinq ans à tout casser. Vêtus de costumes chics, ils sirotent un verre en plaisantant sous l'œil amusé de la brute épaisse responsable de l'état de mon ami. Dès que son tortionnaire me voit, il darde sur moi ses petits yeux cruels et m'apostrophe sèchement :

— T'as le fric ?

— Mouais.

Ric n'avait pas exagéré en le décrivant : un cou de taureau, une montagne de muscles. Le colosse me dévisage avant de pencher ostensiblement la tête pour faire craquer ses cervicales.

Un truc pour m'intimider.

Les mains enfouies dans les poches de mon trench-coat, je reste immobile, stoïque, sans laisser paraître que je n'en mène pas large.

De la main droite, je serre fermement la crosse de mon pistolet. On n'est jamais trop prudent. De l'autre, je sors la liasse de billets pour la lancer en direction de l'homme de main.

Il l'attrape au vol et l'étale pour compter si la somme due y est. Lorsque c'est fait, il adresse un signe de tête aux trois freluquets.

— J'aime quand un plan se déroule sans accroc, commente l'un d'eux avec un air ironique.

En passant près de moi, il me glisse à l'oreille :

— Vous remercierez votre pote pour cette excellente soirée. Un pigeon qu'on a pris plaisir à plumer. Qu'il revienne quand il voudra. Il sera toujours le bienvenu.

Une brusque colère monte en moi. Je ferme les poings, bien décidé à lui faire ravaler son arrogance. Avant même que j'esquisse un geste, le gorille pose une de ses énormes paluches sur mon épaule.

— Ce ne serait pas raisonnable. Croyez-moi sur parole.

Sa voix rauque coupe net mon élan.

Sûrs d'eux, ils quittent le bar sans même se retourner.

Lorsque j'entends un moteur démarrer à l'extérieur, suivi du bruit d'un véhicule qui s'éloigne, je saisis le bras de Ric d'une poigne ferme.

— Allez, on dégage de là.

Il est presque 3 heures du matin lorsque je gare ma voiture devant chez moi. Chaque marche de l'escalier qui mène à mon appartement, au deuxième étage sans ascenseur, est une épreuve pour Ric. Il grimace et se tient les côtes.

Il a besoin de soins mais aussi de prendre une douche pour effacer les traces de sang sur son visage et faire disparaître les odeurs de tabac froid et de sueur qui lui collent à la peau.

— Si Rosita me voit dans cet état, elle va me pourrir avec un interrogatoire en règle.

— Fallait réfléchir avant de t'embarquer dans cette partie de poker.

— Inutile de me rappeler que j'ai fait une connerie, je sais, ronchonne-t-il.

— Je me demande comment elle fait pour te supporter, répliqué-je en ouvrant la porte.

— L'amour, mon pote. Elle est folle de moi ! s'esclaffe-t-il en me lançant un clin d'œil appuyé.

Aussitôt, son visage se crispe. Le sourire qu'il arborait la seconde d'avant a disparu. Ses lèvres gonflées et violacées lui font visiblement un mal de chien.

Après avoir allumé la lumière du vestibule, je l'observe de plus près.

Des bleus s'étendent le long de sa joue jusqu'à l'arcade sourcilière. Le sang coagulé forme une traînée sombre sous son nez.

Je lui attrape le bras pour l'aider à avancer.

— Allez, entre avant que tu ne t'écroules sur le paillasson.

Il tente bien de ricaner, mais sa voix manque de force.

— Pendant que je file sous la douche, tu peux me faire un café ?

Quelques minutes plus tard, il réapparaît, les cheveux humides, une serviette autour de la taille. L'eau chaude a effacé le sang, mais pas les traces de coups. Ses lèvres sont encore tuméfiées et un hématome violet barre sa pommette. Je désinfecte ses plaies en essayant de ne pas lui arracher la peau. Il serre les dents sans broncher.

— Tu ressembles à un boxeur qui a oublié d'esquiver les coups, dis-je en arquant un sourcil.

— Charmant, grogne-t-il.

— Et ça va être difficile de cacher ta virée nocturne à Rosita.

Ric pousse un long soupir et lève les yeux au plafond.

— C'est bien ma veine.

Sur son torse, des ecchymoses violacées s'étirent jusque sous ses côtes. J'en effleure une du bout des doigts. Ric ne réagit pas.

— Je ne suis pas médecin, mais je pense que tu n'as rien de cassé.

— C'est aussi mon avis, mais c'est douloureux quand même, dit-il en grimaçant.

Je secoue la tête.

— Il n'y a pas grand-chose à faire. Juste du repos. Et éviter de jouer les casse-cou pendant quelque temps.

Il se rhabille lentement puis nous buvons un café. Je sais qu'il a conscience du bourbier dans lequel il m'a entraîné. Je n'en rajoute pas. Inutile d'enfoncer le clou.

— Tout s'est bien passé ? demande-t-il en évitant mon regard.

— Mouais. Il n'y avait pas grand monde au poste de police. Deux collègues de permanence et un à l'accueil qui m'a demandé ce que je faisais là au milieu de la nuit. J'ai répondu que j'étais sur une enquête complexe et qu'il fallait que je vérifie un truc qui m'empêchait de dormir. Il n'a pas insisté. Remarque, ça m'arrive de venir à pas d'heure au commissariat. Donc rien de surprenant en soi. Pour ce qui est du fric, je sais où sont rangées les clés du local des scellés.

Je pointe le doigt vers Ric.

— Tu te débrouilles comme tu veux, mais tu me rends les sous…

— T'inquiète, me coupe-t-il. Tu sais bien que tu peux me faire confiance. On est amis, non ? Et jamais je ne t'ai fait des promesses en l'air. À la première heure, je fonce à la banque et je rapporte l'oseille.

— T'as intérêt. D'ici là, j'espère que personne n'ira fourrer son nez dans les scellés. Ce serait bien ma veine.

Conscient des risques que j'ai pris pour le tirer de ce mauvais pas, Ric baisse la tête avant d'ajouter d'une voix fatiguée :

— Je peux rester dormir chez toi ? dit-il en bâillant.

— Bien sûr. Mais Rosita ne va pas s'inquiéter si tu découches ?

— Ça ne sera pas la première ni la dernière fois, répond-il d'une voix lasse. Dis, tu me prêterais un t-shirt pour dormir ?

Je traverse le couloir jusqu'à ma chambre, fouille dans un tiroir et en sors un vieux maillot. Lorsque je reviens, il finit de remplir nos deux tasses. Il saisit la sienne et la vide d'un trait. Puis il enfile le haut que je lui tends. Ensuite, il s'allonge sur le canapé et cherche pendant quelques instants la meilleure position pour soulager ses côtes meurtries.

— Merci pour tout Boris. T'es un ami. Un vrai.

À peine une minute plus tard, il dort à poings fermés. Son souffle régulier emplit le silence de l'appartement.

Je reste là, figé, à l'observer. Ric a échappé de peu à une situation qui aurait pu virer au drame. Quant à moi, en prenant cette somme dans les pièces à conviction, je me suis mouillé à mon tour. J'ai franchi une ligne que je m'étais pourtant juré de ne jamais dépasser.

— Que ne ferait-on pas pour un ami, marmonné-je entre mes dents.

En quelques gorgées rapides, j'avale le contenu de la tasse. Le café brûlant me laisse une traînée de feu dans la gorge.

Dehors, la nuit est encore noire, sans la moindre trace des premières lueurs de l'aube.

Un bâillement m'échappe. Cette virée nocturne m'a épuisé. Je n'essaie même pas de lutter. Je rejoins ma chambre à pas lents de peur de réveiller mon ami et je me laisse tomber sur le lit. Mes paupières deviennent lourdes.

Je ne sais pas pourquoi mais, à ce moment très précis, je ressens une sensation étrange… comme un mauvais présage.

5

Je termine de nouer ma cravate lorsque je franchis les portes du commissariat. Les aiguilles de la pendule affichent 8 heures 45. Je suis en retard.

Ce matin, je n'ai pas entendu le radio-réveil. Une première. D'ordinaire, ça ne m'arrive jamais. Avant de filer chez lui pour se changer, Ric avait préparé le café. L'intention était bonne, certes, mais il aurait dû me réveiller.

En longeant le guichet, je salue les collègues d'un mouvement de la tête. Je surprends des regards en coin et des sourires. Et je n'aime pas ça. Tout le contraire de Ric qui se moque éperdument d'être à la bourre.

Je poursuis jusqu'au couloir et j'entre dans l'alcôve qui nous sert de bureau à Ric et moi. Certains l'appellent un placard mais, depuis cet espace étriqué, nous voyons tout ce qui se passe dans le hall. Je m'adosse à mon fauteuil en skaï et je me plonge sans plus attendre dans notre dernière affaire.

Une histoire comme on en a trop souvent : le mari cocu qui, un soir où il a trop bu, abat l'amant de sa femme avec son fusil de chasse. Quand nous sommes arrivés sur les lieux, l'épouse volage s'était réfugiée dans la salle de bains, la porte fermée à double tour de peur de subir le même sort. Quant au mari trompé, il était prostré, arme en main, assis sur le lit à côté du cadavre de son rival.

Je saisis deux feuilles de papier, glisse entre elles un carbone, puis j'insère le tout dans le chariot de notre machine à écrire, une Olivetti hors d'âge. Vu la carcasse griffée et cabossée, elle a dû en voir défiler des histoires sombres, des magouilles et des crimes passionnels.

— Comme Ric n'est pas encore là, et pour cause, c'est moi qui m'y colle ! grogné-je.

J'ai horreur de rédiger cette paperasse. D'ailleurs, je ne connais pas un flic qui aime cet exercice.

Je lève la tête. Au plafond, l'unique néon qui éclaire notre bureau clignote. Ça fait des mois que je l'ai signalé, mais personne n'est encore venu le changer. Ah, les lenteurs de l'administration !

Je cligne des paupières et tente de lire les lignes griffonnées par Ric. Pas facile de déchiffrer ce qu'il ose appeler une écriture : des pattes de mouche, un charabia digne d'une ordonnance de médecin.

Mes doigts frappent les touches du clavier. Le ruban encreur libère cette odeur âcre qui me pique les narines et me fait souvent éternuer.

Un peu plus tard, lorsque j'ai fini de rédiger le rapport, je rassemble les feuilles dactylographiées. Je les range avec soin dans une pochette cartonnée. Les yeux encore englués par les lignes de mots tapés à la chaîne, je jette un coup d'œil à ma montre et je me fige : 9 heures 30 et Ric n'est toujours pas là.

— Mais qu'est-ce qu'il fabrique ? marmonné-je en serrant les dents.

Mon regard glisse vers la salle d'à côté, là où sont entreposés les scellés. Derrière cette porte, s'entassent les pièces à conviction destinées à être ressorties lors d'un procès. Des armes, de la drogue, des vêtements tachés de sang et plein d'autres choses parfois insolites.

Il y a aussi des enveloppes remplies de billets, de l'argent sale le plus souvent. C'est dans l'une d'elles que j'ai *« emprunté »* dix mille francs pour sortir Ric du pétrin en réglant sa dette de jeu à ces types qui ne plaisantaient pas vu la dérouillée qu'ils lui avaient infligée.

Je me rappelle ses mots : *« À la première heure, je fonce à la banque et je rapporte l'oseille. »*

Je peste intérieurement : il m'avait pourtant promis que tout allait rentrer dans l'ordre. Heureusement, personne n'est encore venu fouiner là. Une sacrée veine. Mais si quelqu'un décide de faire l'inventaire ou, pire encore, qu'un juge demande le transfert des fonds au tribunal, alors là, je peux dire adieu à ma carrière.

Je déglutis péniblement.

— Ric, bon Dieu... magne-toi ! dis-je tout bas en fixant la trotteuse, chaque tic-tac ayant l'effet d'un compte à rebours.

Tout à coup, un bruit bizarre me sort de mes pensées, comme un claquement brutal qui déchire le calme ambiant. Je relève la tête juste à temps pour voir un collègue se lever d'un bond, au point d'en renverser sa chaise dans un fracas métallique. Il ne s'en préoccupe pas et court dans ma direction. Je ne sais pas si c'est à cause de la lumière blafarde des néons, mais il est livide. Les couleurs ont déserté son visage et ses yeux sont agrandis par la stupeur. Il stoppe sa course contre le bord de mon bureau.

— Boris ! Fonce au Grand Hôtel. C'est la femme de Ric... on vient de la retrouver... dans une chambre... C'est atroce !

Il fait de grands moulinets avec ses bras et un flot de paroles s'échappe de sa bouche. Il parle si vite qu'il mange la plupart de ses mots.

— Je ne comprends rien ! le coupé-je. Respire et ralentis.

Le fonctionnaire inspire puis reprend d'une voix étranglée :

— Rosita Fauvel... elle est morte... une balle dans la tête.

Le temps s'arrête. Il me faut deux, trois secondes pour réagir, pour que mon cerveau parvienne à assimiler ce qu'il vient de dire.

— Co... comment ça ? balbutié-je, incapable de formuler la moindre phrase cohérente.

— J'en sais pas plus, répond-il en secouant la tête. Les collègues du poste de police le plus proche sont déjà sur place. Bouge-toi !

6

Depuis l'annonce de cette horrible nouvelle, mon cœur martèle ma poitrine à m'en faire mal.

Rosita est morte, je n'arrive pas à y croire. Comment cela a-t-il pu arriver ? Que s'est-il passé ?

Lorsque j'ai fait la connaissance de Ric, il m'a invité le soir même chez lui pour me présenter Rosita, une blonde incendiaire aux formes plus que généreuses. Un visage d'ange, des yeux qui séduisent sans même se forcer et un sourire ravageur capable de faire perdre la tête à n'importe quel homme.

Bref, une sacrée belle femme.

Danseuse et stripteaseuse, elle montait sur les planches chaque soir avec d'autres filles sur la scène de *l'Oiseau de Nuit*, un cabaret en plein centre de Saint-Étienne. Les habitués venaient autant pour le spectacle que pour Rosita Fauvel, celle qui attirait toute la lumière.

C'est ce que Ric m'avait dit fièrement avant de l'embrasser.

Je revois la scène : Rosita assise près de lui, la tête penchée sur son épaule. C'est ce soir-là, dans l'intimité de leur salon, qu'il m'avait raconté leur histoire.

Ils se connaissaient depuis toujours. Leurs parents habitaient un immeuble vétuste dans un quartier malfamé de la ville où la prostitution et le trafic de drogue se négociaient au coin de la rue.

Tous les jours ou presque, le père de Ric rentrait ivre de l'usine où il trimait pour un salaire de misère. Aigri, il s'en prenait alors au monde entier, aux politiques qui ne faisaient rien pour améliorer le sort des ouvriers, aux patrons qui s'enrichissaient sur son dos et, bien sûr, à sa femme qui essuyait tous ses reproches. Après les injures, les coups s'abattaient inévitablement sur elle. Ric quittait l'appartement avant qu'il ne passe ses nerfs sur lui, le cœur gros de laisser sa mère affronter seule la violence de son mari.

Il se réfugiait à l'étage du dessous.

La mère de Rosita, qui avait entendu son voisin hurler à travers les cloisons trop fines, l'accueillait toujours avec le même sourire triste mais chaleureux. Elle vivait seule avec sa fille. Un jour, son mari était parti acheter des cigarettes et n'était jamais revenu.

Ric soupait chez elle et passait la soirée à jouer avec la fillette. Très souvent, il s'endormait dans sa chambre.

Plus tard, Ric et Rosita étant devenus adolescents, la mère de Rosita avait exigé que le garçon dorme dans le canapé du salon. Mais dès qu'elle s'endormait, il rejoignait sous les draps celle qui faisait battre son cœur. Ils avaient connu leurs premiers émois, leurs baisers timides et leur première fois. C'est ainsi qu'était né leur amour, avant qu'un jour ils ne décident de vivre ensemble. Toutefois, ils n'avaient jamais franchi le pas, celui de passer devant le maire.

Peu de temps après mon arrivée au commissariat, j'étais près du distributeur de boissons quand les collègues qui se trouvaient là m'ont révélé, sur le ton de la confidence, que la femme de Ric faisait des heures supplémentaires.

Comme je ne comprenais pas, ils ont échangé un regard complice avant d'ajouter qu'elle exerçait le plus vieux métier du monde. Je suis resté bouche bée. Je ne savais plus quoi penser : était-ce une blague de mauvais goût ou la vérité ?

Mon gobelet à la main, je suis retourné dans notre alcôve. Je n'avais nullement l'intention d'aborder ce sujet intime avec Ric mais il a remarqué mon air gêné.

— Qu'est-ce qui se passe Boris ? Y a un truc qui te tracasse ?

J'ai pris mon courage à deux mains, espérant ne pas le blesser et encore moins froisser sa fierté.

Maladroitement, je me suis lancé :

— C'est vrai que Rosita... enfin... tu vois ce que je veux dire...

— Pas du tout. Sois plus clair, j'y comprends que dalle.

— Elle... est-ce qu'elle voit d'autres hommes que toi ?

Ric a éclaté d'un rire bref, ironique, avant de hausser le ton pour que tout le monde entende :

— Je vois que mes chers collègues ont pris un malin plaisir à baver sur elle en salissant son nom. Belle attitude, bravo à tous !

Puis il s'est tourné face à moi et a planté son regard dans le mien.

— Oui, c'est vrai. Elle est libre et couche avec qui elle veut. C'est son choix et je ne suis pas jaloux. Je l'aime, elle m'aime, c'est aussi simple que ça. Le reste...

Il a alors eu un geste ample de la main, comme pour balayer les médisances et les bavardages.

— Rosita et moi, on est heureux, et c'est tout ce qui compte.

Ses mots m'ont désarmé, je l'avoue. Il n'y avait chez lui ni honte ni colère, seulement une sincérité tranquille. À cet instant, j'ai compris que leur amour échappait à mes repères, à ce que je connaissais de la vie. C'est-à-dire pas grand-chose.

De nouveau, il a éclaté de rire. Un rire franc et généreux cette fois.

Quelques semaines plus tard, je suis passé boire un verre chez Ric. Pendant qu'il était descendu chercher un pack de bière à l'épicerie située en bas de son immeuble, Rosita s'était assise en face de moi.

— Ric m'a raconté...

J'ai tout de suite compris ce qu'elle s'apprêtait à me dire.

Très calmement, elle m'a expliqué qu'il lui arrivait de partir au bras d'un client du cabaret. Mais sa version était quelque peu différente de celle de Ric. En effet, si elle couchait avec d'autres hommes, ce n'était pas par plaisir, par goût ni par vice, mais juste pour s'en sortir : payer le loyer, remplir le frigo... et aussi pour éponger les dettes de jeu de Ric. Il connaissait chaque facette de sa vie et ne s'en offusquait pas. De son côté, Rosita l'aimait d'un amour presque naïf, prête à tout pour lui.

C'est ce qu'elle m'avait confié ce jour-là.

Une chouette fille, vraiment. Le cœur sur la main, capable du pire sacrifice pour l'homme qu'elle aimait. Une femme à laquelle on ne pouvait que s'attacher et, surtout, qu'on n'imaginait pas une seule seconde finir gisant dans une chambre d'hôtel sans âme avec une balle dans la tête.

Les mains crispées sur le volant de ma vieille Peugeot 205, je dévale le cours Fauriel à une vitesse folle. La carcasse vibre de partout. Mes appels de phares répétés et mes coups de klaxon obligent les voitures à s'écarter pour me laisser passer.

Le pied à fond sur l'accélérateur, je franchis les carrefours sans respecter la priorité sous les injures des automobilistes. Quant aux feux rouges qui se dressent sur ma route, je les grille sans aucune hésitation. Je ne pense plus à rien, sinon à arriver au plus vite pour essayer de comprendre ce qui s'est passé dans cet hôtel où la vie de Rosita s'est brusquement arrêtée.

À hauteur du lycée Claude Fauriel, je négocie un virage trop serré. Les pneus crissent sur les pavés, l'arrière de la voiture part en dérapage. D'un coup de volant, je redresse la trajectoire.

Deux cents mètres plus loin, je pile devant le Grand Hôtel. Deux voitures de police et une ambulance bloquent la circulation.

Les flics du coin me reconnaissent aussitôt. Ils savent que Ric est mon coéquipier et ils s'écartent sur mon passage, sans un mot.

Je pousse la porte du hall. Les conversations cessent à mon arrivée ou peut-être est-ce juste moi qui n'entends plus rien.

Le sol en marbre reflète les gyrophares qui clignotent à l'extérieur.

Le réceptionniste, un homme à la mâchoire crispée, se tord nerveusement les mains en répondant aux questions d'un policier.

Un autre, que je connais vaguement, m'accueille d'un signe de tête. Je n'ai pas besoin de lui parler, il m'indique spontanément où se trouve le corps.

— Chambre 514. Dernier étage.

7

L'ascenseur est bloqué quelque part dans les étages, le témoin lumineux figé sur le « 5 ».

Pas le temps d'attendre. J'empoigne la rampe et m'élance dans la cage d'escalier, avalant les marches quatre à quatre.

Au cinquième étage, je débouche, essoufflé, dans un couloir bondé.

La tension est palpable parmi les membres du personnel de l'hôtel. Certains baissent la tête, d'autres chuchotent, hésitant à croiser le regard des enquêteurs. Un responsable de l'hôtel tente de rassurer les clients inquiets. Une femme de ménage, visiblement choquée, tremble en expliquant à un policier que c'est elle qui a découvert les corps.

Les corps ? Parce qu'il y en a plusieurs ? me demandé-je.

Intrigué, je progresse lentement en direction de la chambre où le drame a eu lieu, contraint de me frayer un passage entre tous ces gens, les fonctionnaires de police et les chariots de ménage abandonnés.

Et puis, je vois Ric.

Assis à même le sol, le dos appuyé contre le mur, son visage est figé et ses mains tremblent légèrement. Un collègue tente de lui parler doucement sans obtenir autre chose qu'un vague battement de paupières.

Je m'approche. Il finit par lever la tête vers moi. Sur son visage tuméfié, ses yeux meurtris me fixent.

— Elle est morte, Boris... souffle-t-il. On l'a tuée. Je n'arrive pas à y croire. C'est un cauchemar.

Sa voix se brise. Il serre les poings, les ongles plantés dans sa chair.

— Je comprends pas… je comprends pas… non, je comprends pas, répète-t-il comme un disque rayé.

Je ne dis rien. Il n'existe pas de mots pour apaiser une telle douleur. Alors, je pose ma main sur son épaule, un geste maladroit mais sincère.

À côté de lui, la porte de la chambre 514 est grande ouverte.

Les rideaux sont fermés, plongeant la pièce dans une pénombre oppressante. Deux policiers scrutent chaque centimètre carré à la recherche d'indices. Des marqueurs numérotés sont disposés à côté d'objets éparpillés. Au pied de la table de chevet, une montre attire l'attention de l'un d'eux. D'où je suis, j'aperçois une lampe renversée, un peignoir aux couleurs de l'hôtel, des talons aiguille. Et le lit en désordre.

Au centre, la silhouette de Rosita. Allongée sur le dos, elle a les bras le long du corps. Mon regard est immédiatement attiré par la tache sombre à la racine de ses cheveux : l'entrée de la balle qui a percuté son front. L'oreiller sous sa tête est couvert de sang. Le drap sur sa poitrine également.

Je franchis le pas de la porte. Et là, je découvre le corps d'un homme. Nu, il gît sur la moquette, face contre terre, bras écartés comme un pantin brisé.

C'est donc avec ce gars que Rosita a passé la nuit.

Lui aussi a pris une balle. Le projectile est ressorti, emportant avec lui une partie de sa boîte crânienne. Le sang a séché, formant des éclaboussures qui ont maculé les murs.

Vêtu d'une combinaison blanche, le technicien de la police scientifique s'affaire en silence. Ses gestes sont précis, méthodiques.

Je m'avance jusqu'au pied du lit. Sur la table de nuit, un tube de rouge à lèvres entrouvert, une bouteille de champagne vide, une coupe, une autre réduite en éclats sur le sol.

Des cadavres, j'en ai déjà vu, mais là, il s'agit de Rosita Fauvel, la femme de mon ami. Je suis pétrifié par ce spectacle effroyable. Aucun mot ne sort de ma bouche.

— Le tireur était là où tu te trouves, Boris, dit le policier en retirant ses gants. Une seule balle pour chacun d'eux. Un tir précis en pleine tête. Sa main n'a pas tremblé. Avant de quitter les lieux, il a récupéré les douilles. À coup sûr, le travail d'un professionnel.

Je serre les dents : Rosita n'a pas eu la moindre chance.

Appareil photo en main, le technicien se place à côté de moi, règle l'objectif puis mitraille la scène de crime sous différents angles. À chaque déclenchement, le flash explose, figeant l'espace dans une lumière blanche qui révèle, pendant un instant, l'horreur à l'état brut.

— L'arme était munie d'un silencieux, ajoute-t-il. Les collègues m'ont dit que les occupants des chambres voisines n'ont rien entendu. Pas même un bruit bizarre.

— Qui est le type ? demandé-je la gorge sèche.

Le photographe consulte brièvement un carnet dans lequel sont consignées les découvertes préliminaires.

— Joao Machado.

— C'est qui ?

— Aucune idée. Jamais entendu parler, répond-il en réarmant son appareil pour une nouvelle série de clichés morbides.

À ce moment-là, j'entends une voix autoritaire derrière moi.

— C'est un peintre. Et pas n'importe lequel.

Je me retourne, même si je sais déjà qui vient d'arriver.

Clovis Bertin se tient dans l'encadrement de la porte, costume sur mesure, cheveux roux, raie impeccable sur le côté.

Après plus de vingt ans passés dans la police, sa carrière stagne. Jamais il n'a connu l'avancement au mérite, la reconnaissance de ses supérieurs, seulement la lente progression due à l'ancienneté. Il attend toujours l'affaire, le coup d'éclat, qui le fera sortir de l'ombre pour le propulser au poste de commissaire, son objectif.

Quarante-cinq ans, célibataire endurci, il arbore un rictus qui ne le quitte quasiment jamais. Hautain, il est le genre de type qui croit tout savoir, qui a réponse à tout et qui ne supporte pas d'être contredit. Au sein du commissariat, il suscite plus d'antipathie que de sympathie.

— Le nom de Machado circule dans les galeries du monde entier. Faut sortir les gars et s'intéresser à l'art, ajoute-t-il sur un ton ironique.

Le photographe ne dit rien, hausse les épaules et s'éloigne.

Bertin, surnommé *Poil de Carotte* ou plus simplement *Carotte* par les collègues, me contourne et s'avance vers le lit.

Il jette un coup d'œil rapide à Rosita, puis à Machado, sans manifester la moindre émotion. Rien. Juste cette froide curiosité et cet air supérieur qui le caractérisent.

— Alors comme ça, Rosita Fauvel faisait toujours la pute. Je pensais qu'elle avait arrêté son business.

Un sourire narquois s'étire sur ses lèvres. Ses paroles sont chargées de mépris.

Je serre les poings. J'ai envie de le frapper, là, maintenant. Mais par respect pour Ric, je me retiens.

Reste zen Boris, ce n'est ni l'endroit ni le moment.

— Ric est dans le couloir, dis-je d'une voix sourde. Il vient de perdre sa femme. Alors surveille ton langage.

Je fais un pas vers lui, je suis si proche que je sens son parfum trop cher et son arrogance encore plus nauséabonde. Bertin ne bronche pas, mais son expression se durcit. Il m'écarte du bras et se penche au-dessus du lit. D'un geste sec, il tire le drap qui recouvre Rosita. Ses yeux se promènent sur son corps inanimé avec une lenteur obscène. Sa façon de faire me soulève le cœur.

Une colère mêlée de dégoût m'envahit.

— C'est bon, tu as vu ce que tu voulais. Tu t'es bien rincé l'œil.

Il lâche le tissu qui retombe mollement.

— Ric pensait qu'elle avait cessé de tapiner, commente-t-il de façon laconique. Il l'aura surpris au lit dans cette partie de jambes en l'air et il aura perdu les pédales. C'est aussi simple que ça.

Il tend le bras vers la jeune femme et mime une arme à feu avec ses doigts.

— T'es cinglé. Tu dis n'importe quoi !

— Peut-être bien que oui, peut-être bien que non. N'empêche que, jusqu'à preuve du contraire, ton équipier est un suspect potentiel.

— Tu dépasses les bornes, Bertin.

— Pas encore, réplique-t-il sans sourciller.

— Jamais Ric n'aurait pu lui faire de mal. Il l'aimait. Il était fou d'elle.

— Ah, l'amour ! Tu le sais comme moi, Lenatnof : les crimes passionnels, c'est notre fonds de commerce.

Avant que je n'ouvre la bouche, il poursuit :

— Pour que les choses soient bien claires, le commissaire assure le lien direct avec le juge d'instruction. Et c'est moi qui dirige les investigations, qui coordonne les actions. Ordre du patron.

— Comment ça ? C'est à moi que revient l'affaire ! m'insurgé-je.

— T'es trop impliqué personnellement pour faire preuve du discernement nécessaire. Ce sont ses paroles. Il a ajouté que, si tu foutais le bordel, je n'avais qu'à t'écarter de l'enquête... de *mon* enquête, appuie-t-il. Alors tiens-toi à carreau.

Poil de Carotte me jette un regard sans équivoque avant de quitter la chambre.

Du couloir où il se trouve désormais, je l'entends dicter ses ordres :

— Relevez les noms de tout le personnel. Du réceptionniste au garçon d'étage, en passant par les femmes de ménage. Je veux les identités, les adresses et les emplois du temps de chacun la nuit dernière. Les clients de l'hôtel sont consignés dans leurs chambres. Leur coopération est obligatoire. Assurez-vous que personne ne quitte les lieux. Vous m'entendez ? Personne. Je veux savoir qui est entré, qui est sorti, qui a vu quoi et qui a eu l'occasion de monter à cet étage. Fouillez les registres, les réservations. Bougez-vous !

Bertin s'éloigne en continuant d'aboyer.

Je n'écoute plus. Mon esprit est déjà ailleurs.

Je le sais désormais, il ne me laissera aucune marge de manœuvre. Son enquête va suivre la procédure standard. Il a l'autorité et les effectifs pour verrouiller le périmètre et, également, pour me virer si je deviens gênant ou si je fais un pas de travers.

Aussi, si je veux découvrir qui a tué Rosita, et surtout pourquoi, il faudra que je sois plus malin que lui.

Bien plus malin.

8

Je retrouve Ric exactement où je l'ai laissé : assis sur l'épaisse moquette du couloir, les yeux perdus dans le vague, une cigarette se consumant entre ses doigts.

Lorsqu'il me voit, il articule d'une voix tremblante :

— Secoue-moi et dis-moi que j'ai fait un putain de cauchemar.

Dans un geste de désespoir, Ric claque sèchement l'arrière de son crâne contre la cloison, comme s'il cherchait à se réveiller.

— C'est pas croyable ce qui est arrivé à Rosita. Je veux savoir qui a fait ça. Tu comprends ? J'ai besoin de savoir qui l'a tuée.

Je tourne la tête. Bertin est loin, immobile, il est de dos. Je m'accroupis près de mon ami.

— C'est *Carotte* qui dirige l'enquête. Ordre du commissaire. Bertin sait se mettre en avant, surtout s'il peut briller. Imagine, la femme d'un flic et son client assassinés dans un hôtel de luxe, c'est une aubaine pour lui.

Ric laisse échapper un rire amer.

— Avec un guignol pareil, on n'est pas près de retrouver le salopard qui a fait ça à Rosita et à ce type.

J'acquiesce, conscient que cette affaire ne sera pas simple.

— Je suis d'accord avec toi. Sur ce dossier, il me tolère. Au moindre faux pas, il me dégage. Il va falloir jouer serré. Raconte-moi tout ce que tu sais, chaque détail, même le plus insignifiant. Je t'écoute.

Il inspire longuement avant de se lancer :

— Comme prévu, ce matin à la première heure, je suis allé à la banque retirer les dix mille francs pour les remettre dans les scellés au commissariat. Mais mon découvert est si important que le type derrière le guichet a refusé de me donner la somme. J'ai fait appeler le directeur : même son de cloche. Ensuite, je suis passé à l'appart. Je sais que Rosita planque, sous une latte du plancher, le pognon qu'elle se fait... enfin, tu sais. J'ai trouvé deux mille balles. Regarde.

Ric écarte un pan de son blouson et j'aperçois une liasse de billets qui dépasse de sa poche intérieure.

— En entrant, j'ai aperçu un porte-clés du Grand Hôtel posé en évidence sur la table.

— Et alors ? fais-je, ne voyant pas où il voulait en venir.

Ric baisse le menton.

— Ce que je vais te dire ne va pas te plaire. Non, c'est sûr.

— Vas-y, accouche, bon sang ! insisté-je, devinant déjà que mon ami s'est fourré, une fois encore, dans de sales draps.

— Quand on ne se croise pas, ce qui a été le cas hier puisque j'ai dormi chez toi, c'est un code entre nous, m'explique-t-il à voix basse. Un signe pour me dire qu'elle est en compagnie d'un homme, mais surtout qu'il est blindé, plein aux as. Je suis donc parti à l'hôtel pour les surprendre. Quand je suis arrivé, il y avait des flics partout. C'est là que j'ai appris l'horrible nouvelle.

— Tu comptais vraiment débarquer dans la chambre d'un client de Rosita en lui balançant : *« Bonsoir, je suis le compagnon de la femme qui est près de vous et j'ai besoin d'argent. Vous pouvez m'aider ? »* Au mieux, il allait te rire au nez. Au pire, appeler la sécurité. Un plan voué à l'échec.

Je sens Ric irrité.

— Ces types ne sont pas seulement riches, ils sont surtout très attachés à leur réputation, à un point que tu n'imagines pas. Rosita avait le flair, une sorte de sixième sens pour les percer à jour.

Soudain, il me fixe.

— Au fait, c'était qui ?

— Joao Machado, 52 ans. Un peintre très en vue d'après *Carotte*. Ça te parle ?

— Non. Connais pas. Pour lui, comme pour les autres, l'image compte bien plus que le fric. Notre plan était rodé, réglé comme une horloge. Je toquais à la porte, ils ouvraient et leurs mines se décomposaient dès que je brandissais ma carte de flic. Quand j'ajoutais qu'un photographe attendait devant le commissariat pour immortaliser leur arrivée avec Rosita et propulser leur histoire de fesses en une de la presse à scandale, c'était la panique. Ils étaient prêts à tout pour étouffer l'affaire.

Ric marque une pause et se masse les joues.

— Bien sûr, je bluffais, poursuit-il. Ils ignoraient que Rosita était ma complice. À chaque fois, ils payaient sans discuter. Hors de question pour eux de voir leur visage et leur nom étalés dans *Ici Paris* ou *France Dimanche.* Pour ces gens-là, leur honneur n'avait pas de prix.

— T'es en train de m'expliquer que tu te livres régulièrement à ce chantage malsain ?

— J'ai d'énormes dettes. Mes créanciers me harcèlent.

Malgré moi, la colère jaillit et j'explose :

— Putain, Ric !

Le juron claque dans l'air confiné du couloir. Immédiatement, je me tourne et j'observe les collègues qui se tiennent près des ascenseurs. Concentrés à interroger le personnel, les clients et à prendre des notes, aucun ne m'a entendu. Je cherche la silhouette de Bertin. Rien. Son absence est un soulagement. Je souffle bruyamment avant de reprendre :

— Tu te comportes comme un foutu voyou. Tu te sers de ton insigne et de l'autorité qu'on t'a confiée pour jouer les maîtres chanteurs. T'es devenu le gangster que tu es censé coffrer.

— Je sais, mais ne me laisse pas tomber, Boris. Je t'en prie. Tout a dérapé. Et maintenant, Rosita est morte et c'est ma faute. C'est moi qui ai eu l'idée de monter ces foutus traquenards pour me sortir du merdier où je suis. Comment aurais-je pu deviner que ça tournerait au cauchemar ?

Le visage de Ric est blême. Je ne l'ai jamais vu comme ça auparavant. Il me fait pitié.

— Réfléchis, Ric. Quelqu'un aurait pu en vouloir à Rosita ?

— Au point de lui loger une balle dans la tête ?

Sa voix s'étrangle.

— Non. C'était une crème, une femme douce, gentille...

— Qui couchait quand même avec d'autres hommes, le coupé-je. Et si l'épouse de ce peintre, rongée par la jalousie, avait voulu se venger ? Tuer son mari infidèle et punir, par la même occasion, celle qu'elle tenait pour responsable.

Ric n'est pas convaincu et secoue la tête.

— Impossible, dit-il en écrasant ce qui reste de son mégot sous la semelle de sa chaussure. Avant qu'on me dise de quitter les lieux, j'ai vu la scène de crime. Les tirs sont propres, maîtrisés. Rien à voir avec l'acte désespéré d'une femme trompée.

— Tu as raison.

Je reprends son raisonnement et le développe :

— Pour ne pas se compromettre, elle a très bien pu faire appel à un tueur à gages. Une façon efficace de garder les mains propres tout en orientant l'enquête ailleurs. Qu'est-ce que tu en dis ?

Un éclat traverse son regard éteint. Cette fois, mon hypothèse semble avoir fait mouche.

— Ça peut coller. Dans ce cas, il faut creuser et tout savoir sur cette femme : qui est-elle ? Où se trouvait-elle au moment des faits ? A-t-elle un alibi solide ? Et surtout, quelle était la nature exacte de sa relation avec son mari ?

Soudain, j'imagine une autre piste.

— Ou alors, on se trompe carrément.

— Comment ça ?

— La cible, c'était peut-être Joao Machado, le peintre.

Aussitôt, Ric comprend ce que cela signifie. Les traits de son visage se déforment.

— Rosita serait une victime collatérale. Au mauvais endroit, au mauvais moment. C'est ce que tu penses, Boris ?

J'approuve d'un hochement de tête, puis je fixe longuement Ric.

Sa réaction ne se fait pas attendre :

— Qu'est-ce qu'il y a, Boris ? Pourquoi me regardes-tu ainsi ?

— Il y a une dernière hypothèse...

— Laquelle ?

— Une hypothèse que Bertin a déjà envisagée. Rosita était ta femme et cela fait de toi le principal suspect. Crois-moi, il ne va pas te lâcher d'une semelle.

Il me dévisage, incrédule.

— Quel serait mon mobile ? Mon putain de mobile ! s'écrie-t-il en se prenant la tête entre les mains. Pour quelles raisons aurais-je fait une chose pareille ? Un truc aussi moche. Donne-moi une seule raison, une seule, pour laquelle j'aurais commis un acte si horrible.

— Il suppose que tu ne supportais plus qu'elle se prostitue, que la jalousie a fini par être plus forte et que tu as craqué. C'est humain après tout...

— Non... Non. Je l'aimais tant, souffle-t-il les yeux brillants de larmes. Jamais je n'aurais pu lui faire du mal. Toi, tu le sais, hein ? Tu me crois ?

— Bien entendu, mais *Carotte*, lui, s'en fout. Tu sais comme moi qu'il ne peut pas t'encadrer, alors s'il peut te coller ces meurtres sur le dos, il ne se gênera pas. Je suis certain que ça lui ferait plaisir de t'envoyer derrière les barreaux.

Je me relève ainsi que Ric. Il m'attrape fermement le bras.

— Et pour le pognon, comment on va faire ? Hors de question que tu aies des ennuis par ma faute.

— T'inquiète. Je vais vider mon livret et remettre l'argent en place dans la pièce des scellés.

Ric plonge la main dans son blouson. Il en sort l'enveloppe renfermant la somme appartenant à Rosita et la glisse dans ma poche.

Je lève la tête. La silhouette massive de Bertin émerge au milieu d'autres policiers et s'avance vers nous. L'air suffisant qu'il affiche ne me dit rien qui vaille.

— Ne me laisse pas tomber, Boris, murmure Ric. S'te plaît. Je veux savoir qui a fait ça.

Bertin se plante devant nous.

— Ton arme de service est partie au labo, Vinkler, annonce-t-il, les mains sur les hanches. Dieu sait ce que les techniciens vont dégoter. Et si, par le plus grand des hasards, il s'agissait de celle du crime, la boucle serait bouclée, non ?

— Épargne-nous tes sous-entendus, Clovis ! dis-je, agacé.

Il ignore ma remarque et fixe Ric.

— Possèdes-tu une autre arme… non déclarée, je veux dire. Mais tu avais saisi la nuance, hein ?

— Ben non. T'en as d'autres des questions à la con comme celle-ci ?

— Plein, rassure-toi. À présent, tu me suis sans faire d'histoires jusqu'au commissariat. Des prélèvements vont être faits sur tes mains, tes fringues… Qui sait… Il traîne peut-être encore des résidus de poudre.

Voyant que je m'apprête à intervenir, Bertin me fait signe de la fermer.

— C'est la procédure, ironise-t-il. Tu la connais aussi bien que moi, Lenatnof.

Hilare, Clovis se tourne vers Ric.

— Et j'ai mille questions à poser à ton pote.

9

Moins de quinze minutes plus tard, nous franchissons les portes de l'hôtel de police. Dès que Ric entre, les conversations des collègues présents cessent. Dans leurs regards, il y a un mélange de curiosité et de suspicion. Tous le suivent des yeux jusqu'à la salle d'interrogatoire.

Je referme la porte et m'assois à côté de mon ami. Clovis, lui, choisit de s'installer sur le coin de la table. Une vieille technique éculée d'intimidation pour affirmer son autorité. Une fraction de seconde, Ric esquisse un sourire. Un rictus nerveux qui lui échappe.

Sans préambule, Clovis attaque :

— En attendant les résultats de l'autopsie, qui préciseront l'heure exacte du drame, où étais-tu cette nuit ? Sois factuel.

Ric tourne brièvement la tête vers moi, un mouvement qui ne lui échappe pas.

— C'est à toi que je m'adresse, Vinkler ! tonne-t-il en tapant du plat de la main sur la table.

— J'ai passé la nuit dans l'appart de Boris.

— Ce qu'il dit est vrai, confirmé-je sans m'étendre sur les raisons qui ont amené Ric à dormir chez moi.

— Tiens, tiens ! Qu'est-ce qui t'a pris d'aller chez ton pote ?

— Comme tu peux le voir, j'ai pris une dérouillée par quatre types en rentrant à mon appartement. Il faisait nuit. Je ne les ai pas vus arriver. Et bien sûr, personne pour me venir en aide.

— C'est pas de chance, ricane-t-il. Ils t'ont bien arrangé, t'as une sale gueule. Mais dis-moi, pourquoi ne pas être simplement rentré chez toi ? C'est ce que ferait n'importe qui.

— Pardi, parce qu'il n'y avait personne ! Je savais que Rosita finissait tard au cabaret. J'étais sonné, mal en point et je ressentais le besoin de raconter à quelqu'un ce qui m'était arrivé, de vider ce trop-plein d'adrénaline qui me secouait. Voilà tout.

— Mouais. Et ils te voulaient quoi ?

— Qu'est-ce que j'en sais ! Ces voyous pensaient sans doute que j'étais la cible idéale pour me tirer du fric ou ma montre. Ou alors, ils avaient juste envie de se défouler sur quelqu'un. Bref, j'étais au sol et ils continuaient de me tabasser. Mais j'ai réussi à sortir mon arme et je l'ai pointée sur eux. En moins de deux, ces baltringues ont pris leurs jambes à leur cou pour déguerpir, sans demander leur reste.

— Mouais, répète Bertin, manifestement pas convaincu. Et je suppose que t'es incapable de donner une description de tes agresseurs ?

— Il faisait très sombre, je te rappelle, et les coups pleuvaient.

— Et c'est juste après que tu t'es dit : *« Tiens, je vais aller chez mon pote Boris. »* C'est ça ? insiste-t-il.

Les mâchoires de Ric se contractent.

— Tu te répètes, *Carotte*.

À l'évocation de son surnom, le policier ne bronche pas mais serre les dents.

— Encore une fois, oui, c'est exact, reprend Ric. J'étais chez Boris.

Clovis se penche vers lui.

— Quelle coïncidence, laisse-t-il échapper avec ironie. Un alibi si commode et fourni par un collègue, qui plus est. Ça semble trop beau, presque trop parfait, tu ne trouves pas ?

Il se redresse et fait le tour de la table d'une démarche lente avant de s'adresser à Ric :

— Sais-tu qui était au lit avec ta femme, Vinkler ? demande-t-il sur un ton inquisiteur, limite méprisant.

— Boris m'a dit… un peintre. J'ai pas retenu son nom, répond Ric avec lassitude.

— Ma-cha-do, articule Clovis en appuyant sur chaque syllabe. Il s'appelait Joao Machado. Espagnol de naissance, il a demandé et obtenu la nationalité française. Et effectivement, c'était un peintre. Et pas n'importe lequel. Un artiste célèbre, connu dans le monde entier et riche. Extrêmement riche.

D'un geste théâtral, il extrait de la poche intérieure de son veston un journal froissé qu'il déplie avec lenteur avant de le pousser vers Ric.

Sans quitter Ric des yeux et sans même consulter ce qui est imprimé noir sur blanc, il récite la manchette de la première page : « *En tournée mondiale, le peintre Joao Machado fait escale à Saint-Étienne où il exposera ses toiles durant une semaine au musée d'Art et d'Industrie avant de s'envoler pour Tokyo.* »

Son regard reste vissé sur Ric, guettant la moindre réaction de sa part, la plus infime faille.

— Et alors ? rétorque Ric, impassible.

— Alors ? Le scénario est tellement évident qu'il saute aux yeux, poursuit l'inspecteur. Tu t'es dit qu'il y avait là un bon coup à jouer en mettant ta femme dans son lit. Une occasion rêvée qui ne se présente qu'une fois. Un chantage quelconque ou alors quelque chose de plus radical. Dans tous les cas, de l'argent facile. C'était trop tentant.

Sous le poids des accusations, je vois les poings de Ric, jusqu'alors serrés sur la table, se desserrer avant de se refermer brutalement. Je le connais suffisamment pour savoir qu'il va exploser.

Avant que je n'esquisse le moindre geste, il se lève si brusquement que sa chaise bascule en arrière avec fracas. Son visage, déformé par une rage jusqu'alors contenue, devient écarlate.

— Tu oses, tête de gland ? hurle-t-il en saisissant Clovis par le col de sa chemise.

Aussitôt, je bondis et oblige Ric à le lâcher et à se rasseoir.

— Tu oses insinuer que j'aurais utilisé ma femme ? Que j'aurais planifié ces crimes horribles ?

— Tu es aux abois, Vinkler, ricane-t-il. Au commissariat, tout le monde est au courant que tu es couvert de dettes.

— Ça suffit, Clovis ! crié-je.

Renfrogné, il ne m'écoute pas et continue :

— Tu dois même du pognon à des collègues. C'est dire à quel point tu es tombé bas.

La provocation est évidente. Clovis cherche à le faire sortir de ses gonds. Peut-être espère-t-il qu'il laisse échapper une information qui le confondrait.

— Et alors ? Être fauché, c'est pas un crime. Si c'était le cas, les cimetières regorgeraient de cadavres et les rues seraient vides. Tout le monde a des dettes à un moment ou un autre de sa vie.

Bertin ne sourcille pas.

— Ça peut être un puissant *« pousse-au-crime »,* commente-t-il. Un homme dos au mur, submergé par ses dettes et pressé par ses créanciers, finit par ne plus envisager que des solutions violentes. Surtout quand une opportunité se présente : Machado, riche, célèbre, et seul avec ta femme. L'occasion de tout faire basculer, non ? De régler tous tes problèmes d'un coup.

Ric n'écoute plus. Sa voix se brise.

— Rosita, c'était tout pour moi. Tout.

Un silence de plomb s'abat sur la pièce. Seule la respiration saccadée de Ric vient troubler ce moment.

Soudain, il relève la tête, les yeux injectés de sang.

— Et tu crois sérieusement que je l'aurais jetée dans les bras d'un autre pour de l'argent ?

Devant le mutisme de l'inspecteur, Ric se tourne vers moi.

— Boris, dis-lui que je l'aimais. Qu'elle était sacrée pour moi. Que jamais je n'aurais touché à un seul de ses cheveux.

La tête entre les mains, il s'effondre sur sa chaise.

Le visage de Bertin reste de marbre.

— Les sentiments, c'est touchant, Vinkler. Vraiment. Mais j'ai une autre théorie. Parlons de Rosita Fauvel, à présent.

Il se recule dans son fauteuil et enchaîne :

— Tu nous as toujours seriné que son métier... enfin, on se comprend, glousse-t-il d'un air narquois. Bref, que ses activités ne te posaient aucun problème. C'est bien ce que tu racontais, non ?

Les mâchoires serrées, Ric reste silencieux.

— Mais était-ce vraiment le cas ? continue l'inspecteur. La jalousie, ça ronge, ça travaille en silence. Et un jour, ça pète. Peut-être que cette nuit tu as effectivement croisé ces voyous. Peut-être même les as-tu provoqués. Une bonne bagarre, c'est le parfait alibi pour justifier tes égratignures et pour cacher autre chose. Une rencontre qui aurait mal tourné juste avant, avec ta femme par exemple.

— La ferme, Clovis ! fais-je sèchement. Tu accuses sans le moindre commencement de preuve.

— Les preuves, elles vont finir par parler, ne t'en fais pas, rétorque-t-il sans me quitter des yeux. En attendant, je bâtis mon enquête, pierre après pierre. Consciencieusement. Sereinement.

Bertin se lève lentement et se tourne vers Ric, le regard mauvais.

— À présent, dégage de là, Vinkler. Retourne travailler. Tous les deux, on est loin d'en avoir terminé. Tu peux me croire sur parole.

10

Le lendemain matin, j'arrive dans les premiers au commissariat. Bertin n'est pas encore là. Tant mieux.

Les autres collègues sont rassemblés près de la machine à café et échangent des banalités sur leurs soirées, d'autres évoquent le décès de Balavoine survenu il y a trois mois lors du Paris-Dakar.

La veille, je suis passé à la banque vider mon livret. Je dois bien reconnaître que ça m'a un peu contrarié. Moi qui voulais changer ma voiture pour un modèle plus récent, je vais devoir attendre.

Je n'ai pas de doute sur le fait que Ric va me rembourser. Mais quand ? Ça, c'est une autre histoire.

Avec l'argent qu'il m'a remis, j'ai désormais les dix mille francs que j'ai « *empruntés* » dans les scellés. Je remets la somme à sa place. Ni vu ni connu. De retour dans mon bureau, je m'installe derrière la machine à écrire pour taper un rapport lorsque Bertin franchit la porte. Intérieurement, je souffle : il était moins une !

— En route, Lenatnof, lança-t-il d'une voix qui n'admet pas de discussion.

— Pour aller où ?

— Au Grand Hôtel, j'ai besoin de tout revoir. Et pour ça, on ne sera pas trop de deux.

Un quart d'heure plus tard, Clovis et moi arrivons à destination. Le sol en marbre poli réfléchit les lumières du lustre monumental suspendu au-dessus du hall.

Le réceptionniste lève les yeux et nous salue avec cette courtoisie propre aux palaces. Je le reconnais immédiatement : c'est lui qui assurait la permanence la nuit des meurtres. Rien n'a changé : uniforme impeccable, nœud de cravate parfaitement ajusté.

— Regarde, Clovis. Cet homme est placé juste en face de l'entrée, personne ne peut pénétrer ici sans être immédiatement identifié. C'est un poste stratégique, pensé pour ça.

Sceptique, il fronce le nez et ne semble pas convaincu.

— Il a pu s'absenter pour aller pisser ou boire un café.

— En effet, mais ils sont toujours deux. C'est écrit dans le rapport du collègue qui a interrogé le personnel de réception. Si l'un quitte son poste, même trente secondes, l'autre a l'obligation de rester en place. C'est la procédure et ils s'y tiennent.

Comme pour me donner raison, une porte s'ouvre derrière le comptoir. Le deuxième réceptionniste en sort, tiré à quatre épingles lui aussi, et vient s'installer derrière le marbre noir.

Bertin plisse les yeux.

— À moins que l'assassin ne soit un client ou un membre du personnel, murmure-t-il. Cela voudrait dire que le tueur a emprunté un autre accès pour monter jusqu'au 5ème étage et commettre son forfait...

Il fait les quelques pas qui le séparent du comptoir, sort sa carte de police et demande sans préambule :

— Existe-t-il une autre entrée ?

Si Clovis avait lu le rapport et non pas seulement la synthèse, il saurait que c'est effectivement le cas.

— Oui, Monsieur, dit l'employé en inclinant la tête. Il existe une entrée de service réservée au personnel. Elle s'ouvre sur une petite cour qui débouche sur la rue à l'arrière de l'hôtel.

— Comment y accède-t-on ?

— Avec un badge nominatif uniquement, répond-il en ajustant ses gants blancs. Toutes les entrées et sorties sont enregistrées. Vos collègues ont questionné notre chef de la sécurité interne à ce sujet. Il leur a communiqué la liste complète du personnel présent, ainsi que les horaires exacts de passage, pour la nuit de...

Il marque une courte hésitation.

—… de ces horribles crimes.

Carotte m'adresse un bref mouvement du menton. Je comprends aussitôt ce qu'il attend de moi.

— Toutes les vérifications ont été menées, dis-je à voix basse. Les collègues ont passé les registres au peigne fin : aucune entrée ou sortie suspecte.

Bertin et moi échangeons un regard. Pas besoin de mots. Nous avons le même ressenti. Dans cet hôtel où tout est contrôlé, où l'organisation est millimétrée, quelqu'un a pourtant quand même réussi l'impensable : entrer sans être inquiété, se déplacer jusqu'au cinquième étage, tuer deux personnes, puis disparaître sans jamais être vu.

— Pas de témoin. Pas de trace exploitable. Un tueur qui connaît les lieux et ses failles. Bref, les conditions idéales pour un meurtre parfait. À croire que c'est un fantôme qui a fait le coup, grommelle Bertin en se dirigeant vers l'ascenseur.

La cabine s'élève dans un silence feutré, limite oppressant.

Cinq étages plus haut, nous longeons le couloir aux moquettes épaisses jusqu'à la chambre 514. Bertin sort un canif de sa poche et coupe les scellés officiels d'un geste vif.

— Depuis la découverte des corps, j'ai repassé la scène de crime des dizaines de fois dans ma tête. Quelque chose me turlupinait. Grâce à notre conversation avec le réceptionniste, je pense savoir quoi.

— Ah bon ? fais-je étonné par sa soudaine assurance.

— Tu es encore novice dans le métier. Quand tu auras affronté toutes les saloperies que j'ai vues, tu deviendras plus suspicieux. À douter de tout, et même de l'évidence.

— Pourquoi dis-tu ça ?

— Tu vas vite comprendre.

Il ouvre la porte en grand. L'air est saturé d'une odeur indéfinissable qui m'agresse littéralement. Toute l'horreur de la tragédie qui s'est jouée là me saute au visage. Les corps ont été évacués, mais tout le reste est figé : draps et oreillers en désordre, souillés de larges taches brunâtres. Sur le mur, les projections de sang ont séché.

— Tu vas jouer le rôle de l'assassin, Lenatnof.

— Tu plaisantes j'espère ?

Il me toise, l'air contrarié.

— J'en ai l'air ? Allez, en position ! Et tâche de me surprendre.

Je recule pour avoir une vue d'ensemble.

— D'accord. J'entre dans la chambre...

— Stop ! m'interrompt-il. Et tu fais comment ? T'as la clé ?

— Euh..., ben je sais pas en fait.

— Continue.

Je mime une arme avec les doigts de ma main.

— Je m'avance et je fais feu deux fois. Deux tirs précis. Une balle en pleine tête pour chacun. Ensuite, je repars par le couloir comme je suis venu.

Bertin arbore ce petit sourire suffisant qui me tape sur les nerfs.

— À ton avis, pourquoi se sont-ils laissé faire aussi facilement ? Pourquoi n'ont-ils rien tenté, pas même crié ?

Mes méninges tournent à plein régime. Tout à coup, j'ai la réponse.

— Parce qu'ils n'ont pas eu peur... ou pas immédiatement. Oui, c'est ça ! Ils connaissaient la personne en face d'eux.

— Ou *l'un d'eux* la connaissait, corrige Clovis. À présent, examine attentivement les lieux et dis-moi ce qui cloche dans ton scénario.

Je balaye la chambre des yeux, scrutant chaque détail à la recherche de l'anomalie qui m'aurait échappé.

— Je ne vois pas...

— Ah, tu me déçois. Je te croyais plus perspicace, Lenatnof.

Toujours ce même rictus qui m'horripile.

— C'est pourtant évident. L'assassin n'est pas arrivé par la porte d'entrée.

Il pointe alors du doigt les éclaboussures de sang séché qui maculent la cloison derrière la tête de lit.

— Observe l'angle des projections sur le mur. Les victimes fixaient la même direction : la salle de bains. Leur regard était happé par quelqu'un. Quelqu'un qui se tenait là, exactement là.

Je me déplace pour me mettre dans l'axe qu'il indique. La logique de sa démonstration est implacable. Les traces parlent d'elles-mêmes.

— Effectivement, confirmé-je. Soit il était déjà planqué ici à leur arrivée, soit il a eu accès à leur chambre par un autre moyen que la porte qui donne sur le couloir.

Carotte approuve d'un hochement de tête.

D'un pas décidé, il me passe devant, pousse le battant et entre dans la salle de bains. La pièce est spacieuse, carrelée de blanc. Un grand miroir, des chromes étincelants. Bertin jette un vague coup d'œil à la baignoire encastrée et aux vasques luxueuses. Puis toute son attention se focalise sur la fenêtre.

— Nous sommes au dernier étage et cette ouverture donne sur le rebord du toit.

Il observe attentivement l'encadrement. Ses doigts effleurent le bois peint puis glissent vers les charnières. Subitement, ses yeux se figent sur un détail à la jointure entre le châssis et la pierre de l'appui.

— Là ! me lance-t-il. Il y a des marques nettes. Elles sont récentes. Cette fenêtre a été forcée. C'est probablement par là que le tueur a pénétré dans la chambre.

Il ouvre en grand, se penche à l'extérieur et tend le cou pour mieux voir.

— En longeant le bord, on arrive sans encombre jusqu'à cette passerelle métallique. Elle permet d'accéder à une échelle de secours. J'en aperçois le haut, plus loin.

Il se redresse d'un mouvement sec et pivote vers moi.

— T'es plus jeune, plus mince et certainement plus agile que moi, Lenatnof. Alors, à toi d'aller voir où elle mène.

— Moi ? dis-je, surpris.

— Qui d'autre ? rétorque-t-il.

Ça ne me dit rien de jouer le funambule, mais je m'exécute.

Je passe une jambe puis l'autre. Je m'extirpe lentement, me retrouvant accroupi sur l'étroite corniche.

L'air vif me fouette le visage. Je me relève avec une extrême prudence, le dos collé à la paroi en zinc de l'hôtel. Je jette un coup d'œil cinq étages plus bas. La rue n'est qu'un ruban noir où les voitures ressemblent à des jouets. Soudain, j'ai le vertige.

Ne pas regarder en bas. Fixer le rebord.

Je me mets en mouvement. Un pas après l'autre.

Après quelques mètres qui me semblent une éternité, j'aperçois la passerelle métallique dont vient de parler Bertin. Rouillée, elle est fixée au mur par des pitons qui le sont tout autant. Lorsque je pose les pieds dessus, la structure grince sous mon poids mais tient bon.

De là où je suis, je vois l'échelle de secours dans son intégralité. Elle descend le long de la façade jusqu'à la cour arrière de l'hôtel, à quelques mètres du sol. On ne peut la déplier que depuis le haut. Je remarque alors les conteneurs des poubelles. Ils sont entreposés juste à côté. En les poussant, on peut se hisser dessus, attraper le dernier barreau de l'échelle et donc grimper d'en bas même si elle n'est pas dépliée.

Le tueur avait connaissance de cet accès. Il est passé par là pour s'introduire dans la chambre 514 sans être repéré. Ensuite, il a forcé la fenêtre pour pénétrer à l'intérieur.

Dès lors, la préméditation ne fait plus l'ombre d'un doute.

Ce n'était pas un crime passionnel ou une opportunité saisie sur le vif. C'était un plan méthodique. Cette échelle, son point d'entrée. Elle lui a aussi permis de disparaître aussi discrètement qu'il était venu.

On connaît désormais le mode opératoire du tueur. Quelqu'un qui a préparé son coup et n'a rien laissé au hasard.

11

Le lendemain, les analyses du laboratoire balistique sont enfin arrivées et permettent un nouvel éclairage sur l'enquête. On y apprend que les prélèvements effectués sur les mains et les vêtements d'Éric sont négatifs. Aucune trace de résidu de poudre n'y a été détectée.

Quant à l'arme du crime, elle n'a rien à voir avec le Manurhin MR73 de Ric. Les balles extraites des corps de Rosita et du peintre sont de calibre 7,65 mm, une munition incompatible avec le revolver réglementaire d'Éric Vinkler.

Dans la chambre où gisaient les corps de Rosita et de Joao Machado, les techniciens ont relevé uniquement les empreintes attendues et logiques : celles des femmes de chambre affectées à l'étage et, bien sûr, celles des victimes. Rien d'autre.

Le ou les tueurs portaient des gants ou bien ils ont pris le temps de nettoyer méthodiquement toute trace de leur passage, sans oublier d'emporter les douilles.

Désormais, tout semble indiquer qu'il s'agit de professionnels ou, du moins, d'individus aux méthodes éprouvées.

La lecture des différents documents a été une véritable douche froide pour l'inspecteur Bertin. Chaque ligne a contredit sa certitude que Ric était le coupable de ce double homicide. Lui qui clamait dans tout le commissariat qu'il allait coffrer un flic pourri et mettre sous les verrous un dangereux criminel, a perdu de sa superbe et fait grise mine.

Non seulement il a ravalé son orgueil, mais il doit surtout revoir sa copie. Son unique piste s'étant effondrée, le dossier est de retour à la case départ.

Enfin, pas tout à fait.

L'autopsie a mis en évidence un détail déroutant : l'index de la main droite du peintre a été sectionné au niveau de la première phalange. Le légiste évoque un outil tranchant, probablement un sécateur à en juger par les tissus déchiquetés et les fragments d'os pulvérisés. Toujours selon le médecin de l'IML, cette amputation a été réalisée post mortem.

Est-ce la signature du tueur ? La marque d'un psychopathe qui collectionne des trophées ? Un acte de violence gratuit ou impulsif ? À moins qu'il ne s'agisse de tout autre chose... Dans tous les cas, ça n'explique pas pourquoi Rosita n'a pas subi le même sort. Il aurait été dérangé dans sa besogne et serait parti précipitamment ?

Ces questions, et bien d'autres, tournent en boucle dans mon esprit. Quant à l'heure des crimes, le légiste l'a établie entre 4 et 5 heures du matin sur la base de l'analyse des lividités cadavériques. Encore un point qui innocente Ric puisqu'il était chez moi à cette heure et qu'il dormait.

Ébranlé dans ses certitudes par les éléments qui innocentent Ric, Bertin n'envisage plus de m'écarter de l'enquête.

En revanche, Ric en est formellement exclu.

Conscient de son tempérament impulsif, le commissaire en personne lui a interdit l'accès au commissariat et lui a imposé des vacances forcées. Une mise à l'écart assumée, destinée à éviter toute interférence dans une affaire où il demeure, malgré tout, un personnage central profondément meurtri.

Malgré les supplications de Ric et sa promesse de se tenir en retrait, le patron n'a pas cédé.

12

Avant le rapatriement de la dépouille du peintre à Nice, où il vivait et où il sera inhumé, une cérémonie religieuse est organisée en son honneur à la cathédrale Saint-Charles de Saint-Étienne.

Depuis plus d'un quart d'heure, un impressionnant ballet de voitures se succède devant le parvis. Les portières s'ouvrent les unes après les autres, laissant apparaître des silhouettes connues : François Dubanchet, le maire, André Laurent, le président de l'ASSE, mais aussi le préfet, des élus, et l'essentiel du gratin mondain de la ville et des alentours. Visages fermés et lunettes noires, beaucoup sont là pour se montrer ou par obligation, d'autres pour honorer la mémoire de l'artiste.

Ce matin, en lisant la presse locale, j'ai appris que François Léotard, ministre de la Culture, Jack Lang, son prédécesseur, ainsi que plusieurs critiques d'art parisiens et de nombreux confrères peintres, s'étaient déplacés pour lui rendre un dernier hommage.

Je n'avais absolument pas prévu d'assister aux obsèques, mais Bertin a insisté : *« J'ai une réunion avec le commissaire et le juge en charge du dossier pour faire le point sur l'avancée de l'enquête. Les funérailles, c'est l'endroit idéal pour observer les réactions et recueillir des infos. Alors, tu t'y colles. À mon retour, je veux ton rapport sur mon bureau. »*

Comme je n'avais pas le choix, j'ai obéi.

Je me tiens sur le trottoir d'en face, légèrement en retrait de l'église. C'est la position idéale pour épier les visages et les coups d'œil furtifs de tout le monde.

Soudain, je sens une pression dans mon dos.

Je me retourne : c'est Ric. Ma réaction est immédiate.

— Tu sais bien que le patron ne veut pas te voir de près ou de loin sur l'enquête. Alors, qu'est-ce que tu fais là ? rouspété-je.

— La même chose que toi, pardi, dit-il en scrutant le cortège des voitures qui n'en finit pas.

Ric actionne son briquet, mais le gaz refuse de s'enflammer.

— Sympa ton cadeau d'anniversaire, Boris ! lâche-t-il avec une ironie grinçante. Il marche quand ça lui chante ce satané Zippo.

Agacé, il le tape contre la paume de sa main gauche. Un dernier coup, mais de manière plus sèche. Il réessaye de l'allumer. La flamme jaillit. Il l'approche de sa cigarette. Le tabac s'embrase.

— Tu as remis le fric en place dans les scellés ? me chuchote-t-il à l'oreille.

— Oui. Tout est en ordre, dis-je sur le même ton confidentiel.

— Merci, Boris. Je te dois une fière chandelle.

Un claquement métallique retentit quand son pouce rabat le capot du briquet.

— Quoi de neuf ? demande-t-il ensuite.

— Bertin est sur les nerfs. Un témoin aurait aperçu un homme dans la rue latérale de l'hôtel, du côté de l'entrée de service.

Ric se penche vers moi, le regard brusquement plus vif.

— Ah bon ! Vas-y, raconte.

— Il s'agit d'un sans-abri, connu des services de police pour de petits délits : vols à l'arraché, à l'étalage. Pour s'abriter durant la nuit, il s'était glissé sous la bâche d'un camion garé là. C'est en allant pisser qu'il aurait remarqué quelqu'un. Le problème, c'est qu'il était ivre, incapable de fournir le moindre signalement, à part dire que c'était un homme. Bref, Clovis et moi, on n'est pas plus avancés.

Ric secoue la tête.

— Un clochard imbibé dont la mémoire est une passoire. Bertin doit être fou de rage.

— Tu n'imagines même pas, confirmé-je. Via les colonnes du *Progrès*, il va lancer un appel à témoins. On ne sait jamais.

Ric tire une longue bouffée. La lassitude se lit sur son visage.

— On tourne en rond. Rien n'avance.

— Pourtant, on a tout passé au crible. Le personnel, les clients, tous ont été interrogés. Mais c'est comme si le tueur s'était évaporé. Personne ne l'a vu.

Ric regarde en direction de la cathédrale.

— Hier, aux funérailles de Rosita, heureusement que t'étais là, mon ami. Sans toi, je me serais senti terriblement seul.

Il écrase son mégot du talon avec lenteur. Puis son briquet claque de nouveau, il allume une autre cigarette.

— Il y avait le patron du cabaret, son épouse et quelques filles de *l'Oiseau de Nuit* avec qui elle dansait. Ils étaient là par devoir plus que par chagrin.

Sa voix est rauque, éraillée par l'émotion. Il tire une longue bouffée, laissant la fumée s'échapper lentement de ses lèvres.

— Rosita n'avait plus de famille. Moi pas mieux, tu le sais. L'église était quasi déserte. Juste une poignée de gens pour l'enterrement de la femme de ma vie.

Il esquisse un sourire mélancolique puis, d'un mouvement du menton, désigne la foule qui continue d'affluer pour assister aux funérailles de Joao Machado.

— Pour ce peintre, ils sont des centaines à se bousculer, à se presser juste pour se montrer. Des inconnus qui n'ont sans doute jamais vu une de ses toiles.

Il se tourne vers moi. Dans ses yeux, je lis toute sa peine.

— Elle méritait mieux, Boris. Rosita méritait bien plus que ça. Elle était tellement…

Tout à coup, une voix féminine, forte et tranchante, nous parvient du parvis, troublant l'atmosphère recueillie qui régnait jusqu'alors. D'un ton sec, une femme entièrement vêtue de noir en apostrophe une autre. Celle-ci ne répond pas et garde la tête baissée.

De là où nous nous trouvons, nous ne percevons que des bribes, des éclats. Les paroles jaillissent de sa bouche en rafales, comme si elle réglait ses comptes.

— Celle qui a les cheveux courts et qui s'emporte, c'est Clélia Machado, dis-je. 42 ans. Mariée depuis vingt ans au peintre. Pas d'enfant. Ils ont une maison dans la plaine du Forez.

— Ah bon ! réagit Ric. Comment cela se fait-il ? Sur le bulletin de décès publié dans le journal, il est écrit qu'ils habitent à Nice.

— Exact. Mais la veuve du peintre est native de Montbrison. Sa mère vivait dans un appartement en centre-ville. Lorsqu'elle est tombée malade, le couple a acheté une grande maison pour l'y installer avec une gouvernante chargée de s'occuper d'elle. Madame Machado s'y rendait fréquemment pour lui tenir compagnie. Depuis son décès, il y a quelques années, elle n'y a plus remis les pieds.

— C'est de sa bouche que tu as appris tout ça ?

— Effectivement. Dès le lendemain du drame, Bertin l'a convoquée au commissariat pour recueillir son témoignage sur les dernières heures passées avec son mari, afin d'établir non seulement l'emploi du temps de la victime, mais aussi le sien.

— Et alors ?

En baissant la voix pour ne pas que les passants entendent notre conversation, je lui raconte ce que je sais.

Prétextant un rendez-vous avec le directeur du musée d'Art et d'Industrie pour les derniers préparatifs de son exposition, Joao a quitté son épouse dans l'après-midi.

Ne le voyant pas revenir à l'hôtel en début de soirée, elle est partie seule rejoindre des amis au théâtre, puis a dîné au restaurant avec eux.

Pendant le repas, elle a appelé la réception de l'hôtel Terminus, situé près de la gare de Châteaucreux, où ils ont pris une chambre. En apprenant que son mari n'était toujours pas rentré, elle a tout de suite compris qu'il devait « *être en bonne compagnie avec une autre femme* » comme elle l'a dit avec amertume. Contrariée, elle a choisi de passer la nuit chez ses amis.

D’une voix brisée et en pleurant, elle a reconnu que les infidélités de son époux étaient monnaie courante. Qu’avec les années, elle avait appris à détourner le regard, sachant qu’il finissait toujours par revenir.

— Intéressant, m’interrompt Ric, les yeux rivés sur la femme élégante qui se tient face à Clélia Machado.

— Elle aimait le peintre à sa manière, terminé-je. Avec *Carotte*, on a vérifié son emploi du temps auprès des gens qui l‘ont hébergée : chaque élément de sa version s’est avéré exact. Elle n’a quitté leur maison qu’au matin, après le petit-déjeuner.

— Un alibi en béton armé. Mais dis-moi, la femme brune aux cheveux longs, celle sur qui la veuve passe ses nerfs et que tout le monde regarde, tu sais qui est-ce, Boris ?

— Aucune idée.

Soudain, une voix s’élève derrière nous :

— Il s’agit de Jeanne Orsini, 32 ans. Il y a environ un an de ça, elle était mannequin pour de grandes marques : Dior, Hermès, Givenchy et bien d’autres.

Surpris, Ric et moi, nous nous retournons.

Vêtu d’un veston lustré aux coudes et d’un pantalon qui a connu des jours meilleurs, un jeune homme, les cheveux en bataille, consulte ses notes sur un calepin. Il relève la tête pour me tendre la main.

Ni Ric ni moi ne l’avons entendu arriver.

— Bonjour, inspecteur Lenatnof. Je me présente : Jacky Léoni, journaliste au *Progrès.* J’ai déjà eu l’occasion de travailler avec votre collègue. Enchanté de vous rencontrer.

Pendant que je lui serre la main, je prends le temps de l’observer : il doit sensiblement avoir mon âge. Quand il se tourne vers Ric, son visage se ferme et laisse place à une compassion sincère.

— Mes plus sincères condoléances, inspecteur Vinkler.

— Merci, Léoni.

— On ne s'est jamais rencontrés. Alors comment vous savez qui je suis ? fais-je, étonné avec une pointe de méfiance dans la voix.

Un sourire malicieux s'étire alors sur les lèvres du jeune homme. D'un geste vif, il replace une mèche de ses cheveux.

— Dans mon métier, on se doit de tout savoir. À Saint-Étienne, qui ne connaît pas les Starsky et Hutch locaux ? Pour ce qui me...

— Tu allais m'en parler quand de cette femme, Boris ? lance Ric en coupant la parole au journaliste.

— Je n'avais encore jamais vu Jeanne Orsini, mais son nom figure dans la liste des personnes à interroger, répliqué-je, agacé.

— Quand je ne suis pas là, tout part à vau-l'eau ! râle Ric en se tournant vers Léoni. Que savez-vous d'elle?

— C'était la maîtresse... disons, officielle de Joao Machado. Cet homme avait la réputation de collectionner les conquêtes. Chaque nouvelle liaison faisait les gros titres de la presse people. Les paparazzis campaient devant son atelier ou le suivaient en scooter, prêts à dégainer leurs objectifs dès qu'il apparaissait au bras d'une femme. Il y a quelque temps de ça, je me suis rendu chez lui, à Nice, pour faire un reportage sur son parcours et sa peinture. Concernant Jeanne Orsini, elle fait figure d'exception dans la valse des aventures du peintre.

J'imagine sans peine les propos mordants que Clélia Machado doit lui lancer : *« Comment osez-vous être là ? Vous n'avez rien à faire ici ! »*

Depuis quelques secondes, Ric est scotché sur la scène qui se joue entre la veuve et l'amante.

— Cette femme a un côté magnétique qui capte le regard de tous les hommes, finit-il par dire à voix basse.

— Je suis de votre avis, inspecteur, renchérit le journaliste.

— Mais de laquelle parlez-vous ? demandé-je.

— De la brune, répondent en chœur Ric et Léoni.

Je repousse les lunettes sur mon nez pour mieux voir.

Jeanne Orsini porte un tailleur noir qui semble avoir été moulé sur elle. Un chapeau aux larges bords cache en partie son visage, tandis que des lunettes noires dissimulent ses yeux. Mais ce qui retient irrésistiblement l'attention, ce sont ses jambes, longues et fuselées. Sans conteste, c'est une très belle femme.

Je jette un coup d'œil à Clélia Machado. Sa silhouette est plus enveloppée, son visage plus neutre que celui de Jeanne. Vêtue d'une robe sombre aux lignes classiques, elle incarne une élégance discrète qui se fond dans la masse.

Visiblement offensée, la veuve Machado se tient très droite, le menton relevé. Soudain, elle tourne les talons et pénètre dans la cathédrale : la brève mais cinglante altercation est terminée.

La maîtresse du peintre semble hésiter. Son sac à main passe d'une main à l'autre. À coup sûr, elle se demande ce qu'elle doit faire en pareille circonstance, si sa place est ici.

Des gens passent devant elle en baissant la tête, tandis que d'autres lui lancent des regards chargés de mépris.

Au bout de quelques secondes d'hésitation, sa décision est prise. Redressant les épaules, d'un pas résolu, elle pénètre à son tour dans l'église. Les lourdes portes se referment lentement derrière elle.

La cérémonie funèbre va commencer.

13

Plus d'une heure après le début de la messe funéraire, les portes monumentales finissent par s'ouvrir. Une foule dense et silencieuse envahit le parvis pour rendre un dernier hommage au défunt.

Quelques instants plus tard, quatre hommes sortent de l'église en portant le cercueil sur leurs épaules. Ils se dirigent vers le corbillard. Tous les regards convergent vers eux.

Le silence règne sur la place Jean Jaurès.

Alors que tout le monde se recueille, j'aperçois Jeanne Orsini quitter discrètement la cérémonie en se faufilant parmi l'assemblée. Avant que le cortège ne parte, je décide de m'approcher de la veuve du peintre.

— Madame Machado, je m'appelle Boris Lenatnof. Je suis l'un des...

— Je vous reconnais, inspecteur, me coupe-t-elle.

— Je tenais à vous présenter à nouveau mes condoléances. Si je peux faire quoi que ce soit...

— Tout à fait, réagit-elle sur un ton cinglant. Vous tombez bien. Allez jusqu'à Montbrison et délogez cette traînée qui squatte ma maison depuis bien trop longtemps.

Un instant, je reste interdit, déconcerté par sa requête.

— Co... comment ça ? bégayé-je, surpris.

— Après le décès de maman, je n'avais plus le cœur d'y séjourner. Mon mari en a profité pour y installer Jeanne Orsini, sa dernière conquête, explique-t-elle avec rancœur. Lors de ses fréquents voyages entre Nice et Paris pour rencontrer son agent, il faisait systématiquement une halte dans *notre villa,* appuie-t-elle, pour sauter cette briseuse de couple. Cette moins-que-rien !

Furibonde et à cran, elle me postillonne dessus sans même s'en apercevoir.

— Leur liaison durait depuis environ un an, depuis que cette garce lui a mis le grappin dessus. Il est grand temps que cette mascarade cesse une bonne fois pour toutes et qu'elle dégage de ma propriété, vocifère-t-elle, les joues rouges de colère.

Elle se rapproche un peu plus et me presse le bras.

— Je m'en remets à vous, inspecteur. Je peux vous faire confiance, n'est-ce pas ? dit-elle sur le ton de la confidence, ses yeux plantés dans les miens.

Sans même attendre une quelconque réponse de ma part, elle me tourne le dos et s'éloigne vers le cortège.

Resté àl'écart, Ric me rejoint.

— La veuve éplorée a réglé ses comptes en public avec sa rivale, je doute que qui que ce soit ici ait pu manquer la scène.

— En effet, approuvé-je en observant les regards insistants braqués sur Clélia Machado. Il y a peu de chance que ce soit passé inaperçu.

J'attrape Ric par le bras et l'entraîne à l'écart.

— Je dois immédiatement rencontrer Jeanne Orsini.

Ric écarquille les yeux. Je devine déjà ce qu'il va dire.

— Non, je ne veux pas que tu m'accompagnes. Je te rappelle que tu n'es plus sur l'enquête, dixit le commissaire. Tu es en congé.

— Boris ! Je te promets de rester en retrait. Je n'ouvrirai même pas la bouche, mais je dois comprendre le rôle de Jeanne Orsini dans ce qui vient d'arriver. Une maîtresse qui découvre que son amant avait une autre liaison, ça fait d'elle une potentielle suspecte. Tu le sais aussi bien que moi.

Je pousse un profond soupir, conscient de ma faiblesse face à sa détermination.

— C'est d'accord, mais je ne veux pas t'entendre ! On file à Montbrison, en espérant qu'elle sera rentrée directement chez elle. Enfin, chez son défunt amant.

Au volant de ma vieille 205, je prends la direction de la sous-préfecture de la Loire, soit quarante minutes de trajet si tout se passe bien.

Le ronronnement saccadé du moteur peine à couvrir le sifflement du vent qui s'infiltre par les joints usés des portières. Pour étouffer ce bruit lancinant, j'allume le vieux poste *Radiola*. Un radiocassette aux boutons fatigués. La voix de l'animateur grésille. Du plat de la main, je donne quelques tapes sur le haut-parleur intégré au tableau de bord. Mais rien n'y fait, le crachotement persiste.

Depuis notre départ, Ric est plongé dans la copie du rapport d'enquête que j'ai prise avec moi. Il tourne et retourne les pages. Son doigt suit chaque ligne avec application, comme s'il redoutait de louper quelque chose, de laisser échapper un détail.

Soudain, les crépitements cessent et une musique envahit l'espace : « *Marcia Baïla* », le dernier tube des Rita Mitsouko. La qualité du son est médiocre et la voix de la chanteuse passablement déformée mais j'arrive toutefois à suivre les paroles. Je me dis qu'elles sont d'une ironie troublante : *« ♫ Mais c'est la mort, qui t'a assassinée Marcia, C'est la mort, tu t'es consumée Marcia… ♪ »*

La voix rauque de Catherine Ringer, que Ric adore pourtant, ne parvient pas à troubler sa concentration et glisse sur lui.

À son front plissé, je comprends qu'il cherche à s'imprégner de chaque élément, à graver dans sa mémoire le moindre indice.

Lorsqu'il referme le dossier, il fait grise mine.

— On n'a que dalle, Boris. Pas le début d'un commencement de piste. Rien qui puisse nous orienter.

Il tapote nerveusement la pochette en carton.

— Comment deux personnes peuvent-elles se faire descendre sans que personne n'ait rien vu, rien entendu ? Comment le tueur a-t-il pu agir sans laisser la moindre trace ? C'est complètement dingue ! On dirait un fantôme. Un putain de fantôme qui tire pourtant des balles bien réelles.

Ric lisse longuement sa moustache avant de poursuivre :

— J'espère que cette affaire va aboutir, Boris. Qu'on ne va pas se retrouver avec un cold case sur les bras, une de ces énigmes qui pourrissent dans les archives. Je ne veux pas que ça finisse comme l'affaire du petit Grégory : près de deux ans après les faits, la vérité n'a toujours pas été établie et n'éclatera jamais, je t'en fais le pari.

Sa voix baisse d'un ton.

— Ce genre d'histoire, ça vous marque à vie. Je ne supporterai pas que Rosita… que… qu'elle ne soit plus qu'un nom sur un carton jauni par le temps. Un de ces mystères dont on parlera encore dans vingt ans autour d'un verre avant de hausser les épaules et de passer à autre chose.

Découragé, il tourne la tête vers la vitre en soufflant fort. Un nuage de buée se forme.

— Un pessimisme pareil, ça ne te ressemble pas, mon vieux. Ressaisis-toi, dis-je fermement. Ce n'est pas le moment de te laisser envahir par le doute. Une chose après l'autre. Pour l'instant, concentrons-nous sur Jeanne Orsini.

Je pose une main ferme sur son épaule.

— Redonne-moi l'adresse, tu veux bien ?

— 15, rue Alsace-Lorraine.

À vitesse réduite, je m'engage dans la rue. Les maisons défilent. Ric scrute les numéros.

— C'est là ! s'exclame-t-il en pointant du doigt le portail en fer forgé massif qui marque l'entrée de la propriété.

Vu la hauteur des murs de clôture, on ne voit strictement rien, si ce n'est les cimes des arbres qui dépassent par endroits.

Je me gare et coupe le contact.

14

Avant de rencontrer Jeanne Orsini, j'en profite pour rappeler la consigne à Éric :

— Je ne veux pas t'entendre. Ne te mêle de rien. Si elle raconte à Bertin, ou pire, au commissaire que tu étais chez elle avec moi, je vais prendre un blâme. Quant à toi, tu risques de te faire virer. Sans indemnité, sans rien, tu te retrouveras à la rue. Et sans un sou en poche, tu finiras aux Restos du Cœur.

— C'est quoi ce truc ?

Je pousse un long soupir.

— Tu ne t'intéresses décidément à rien ! fais-je, agacé. C'est une association créée par Coluche l'an dernier pour venir en aide aux plus démunis. Pour ceux qui n'ont plus rien à se mettre sous la dent.

— Je l'ignorais. Si ça tourne mal pour moi, je saurai où aller casser la croûte.

Il m'attrape le bras et le secoue.

— Je rigole, Boris. T'inquiète, je vais rester muet comme une carpe. T'as ma parole, dit-il la main sur le cœur.

Ric ayant, a priori, pris en compte mes recommandations, je me décide à appuyer sur la sonnette.

— Oui, c'est pour quoi ? fait une voix féminine dans l'interphone.

— Inspecteur Lenatnof. Je souhaiterais m'entretenir avec madame Orsini. Jeanne Orsini.

— C'est moi-même. Allez-y, entrez.

Les battants du portail s'écartent lentement sans un grincement.

Nous avançons jusqu'à la villa distante d'une vingtaine de mètres. Bâtie sur deux niveaux, la demeure est imposante.

Le gravier de l'allée crisse sous nos pas.

Devant nous, une large terrasse en dalles de pierre bordée par une haie de lauriers taillés au cordeau. Aucun désordre, aucune feuille morte. Rien ne dépasse.

— Mazette ! Y a de quoi loger une colonie de vacances ! s'exclame Ric, impressionné.

Je le suis tout autant que lui. Sur le côté de la maison, j'aperçois une piscine et son pool house. Plus loin, un court de tennis.

— J'ignorais que barbouiller des toiles pouvait rapporter autant d'oseille. Si j'avais su...

— Faut-il encore avoir du talent, Ric. Beaucoup de talent.

La porte d'entrée s'ouvre. Jeanne Orsini apparaît sur le seuil.

Elle n'a plus son chapeau ni ses lunettes de soleil. Ses cheveux noirs sont défaits et courent sur ses épaules. Son visage porte les stigmates récents de larmes. Ses yeux, d'un bleu profond, sont cernés et rougis et ses paupières légèrement gonflées.

Même marquée par le chagrin, sa beauté reste frappante : des pommettes hautes, des traits fins et réguliers, une bouche aux lèvres pulpeuses. Mais au-delà de ça, c'est sa présence qui captive. Dans sa posture, dans l'intensité de son regard, Jeanne Orsini dégage quelque chose d'envoûtant. Un côté magnétique, comme l'a dit Ric.

Je lui montre ma carte professionnelle.

— Entrez, Messieurs, dit-elle sans même la regarder.

Nous la suivons dans un dédale de couloirs.

L'air est imprégné d'un parfum délicat aux notes florales et sucrées qui l'accompagne à chacun de ses mouvements.

Quand nous pénétrons dans le salon, elle nous invite d'un geste gracieux à nous installer. Tandis que nous prenons place sur l'un des profonds canapés, elle s'installe avec une élégance naturelle dans le fauteuil qui nous fait face, croisant avec lenteur ses longues jambes.

L'endroit est cosy et chaleureux : des plantes grasses posées sur un guéridon, des étagères chargées de livres et un épais tapis persan.

Plusieurs toiles sont suspendues aux murs. Sans la moindre hésitation, je reconnais Jeanne Orsini. Dans chaque portrait, dans chaque mise en scène, le peintre a su saisir avec justesse et grâce la courbe de sa nuque, la profondeur de son regard, la sensualité de sa bouche. Chaque coup de pinceau semble caresser les contours de sa silhouette.

Moi qui ne suis pourtant ni un esthète ni un amateur d'art, je dois admettre l'évidence : cet homme avait du talent ou possédait un don. Peut-être bien les deux. Ce n'est pas seulement la ressemblance avec son modèle qui frappe, mais la manière dont il a su capturer la lumière dans ses yeux ou la texture de sa peau. Je dois reconnaître que je suis sous le charme.

— Vous prendrez bien quelque chose. Un café ?

Notre hôtesse me sort de mes pensées.

— Euh... non, merci. J'ai des questions à vous poser suite à la mort tragique de Rosita Fauvel et Joao Machado.

À l'évocation de l'homme qui partageait sa vie par intermittence, les couleurs désertent son visage. Ses joues se creusent.

— Vous allez être déçu, inspecteur, je n'ai pas grand-chose à vous raconter. Mais je vous écoute.

Il y a dans sa voix une faille, une émotion qu'elle essaie de contenir. À moins que ce ne soit une brillante comédienne.

— Comment avez-vous connu Joao Machado ? demandé-je tout en ouvrant mon calepin pour prendre des notes.

Elle regarde par la baie vitrée et reste silencieuse quelques instants.

— C'était il y a un an et huit jours, lors d'un vernissage dans une galerie à Paris, finit-elle par dire, émue. J'admirais ses toiles. Je l'ai revu le lendemain dans le restaurant où il m'avait invitée.

C'est là qu'on a fait connaissance. Il m'a demandé de poser pour lui. J'ai accepté sans même réfléchir. Cet homme avait un charisme fou. Je suis tombée amoureuse de lui immédiatement. Auprès de lui, j'ai passé les plus beaux jours de ma vie. Je l'aimais d'un amour comme jamais je n'en avais connu auparavant et que jamais plus je ne connaîtrai. Il allait quitter sa femme pour vivre avec moi, c'est ce qu'il m'avait promis. J'étais folle de joie. Il m'avait même dit qu'il voulait un enfant de moi.

Son visage est empreint d'une profonde mélancolie. Un pâle et éphémère sourire se dessine sur ses lèvres.

— Où étiez-vous la nuit de sa mort ? enchaîné-je.

— Ici même. Il était prévu que l'on passe la soirée ensemble. Je l'ai attendu jusqu'à une heure avancée. Et puis j'ai fini par m'assoupir sur le canapé où vous êtes assis, inspecteur. Lorsque je me suis réveillée, le jour n'était pas encore levé. J'ai rejoint ma chambre et je me suis rendormie.

— Vous n'avez donc pas d'alibi pour la nuit du drame. La nuit où Rosita Fauvel et Joao Machado, votre amant, sont morts assassinés dans une chambre du Grand Hôtel, à Saint-Étienne, dis-je tout en notant ses réponses.

— Effectivement. Vous êtes sacrément perspicace, réplique-t-elle d'une voix où perce une pointe d'agacement.

— Ça lui arrivait souvent de vous faire faux bond ?

Elle pousse un long soupir.

— Pourquoi me poser cette question alors que vous connaissez la réponse ? Tout le monde savait que Joao avait une vie sexuelle débridée. Un joli minois rencontré dans la rue ou au comptoir d'un bar suffisait à lui faire perdre la tête. Ce n'était un secret pour personne. Même si ça me faisait mal, je m'en étais accommodée. Alors oui, ça me rendait folle de jalousie. Mais je l'aimais malgré tout et je ne l'ai pas tué, si c'est ce que vous voulez savoir.

À côté de moi, je sens Ric remuer.

— Il paraît que la cote d'un artiste monte en flèche après sa mort, intervient-il tout à coup. C'est vrai ou il s'agit d'une légende ?

Intérieurement, j'enrage. Il n'a pas pu s'empêcher de l'ouvrir.

Elle le dévisage longuement avant de lui répondre :

— Si j'en crois des amis, Rosita Fauvel avait un compagnon, un homme avec qui elle partageait sa vie. C'est étrange, mais vous correspondez exactement à la description qu'on m'en a faite, n'est-ce pas, inspecteur Vinkler ?

L'affirmation, précise et mordante, claque comme une gifle. Ric se fige. En quelques mots, cette femme vient de le mettre à nu.

Devant son silence qui s'éternise, elle enfonce le clou.

— Il paraît même que vous avez été suspecté, dit-elle, amusée.

— C'est exact, admet-il. Vous devez aussi savoir que ces soupçons infondés ont été levés depuis.

— Tout à fait. Je sais également que vous avez été mis en congé forcé par votre hiérarchie pendant le temps de l'enquête, complète-t-elle.

— Décidément, vous êtes bien renseignée ! lâche-t-il, aussi agacé qu'impressionné.

— La disparition de Joao me touche profondément. Je comprends donc votre besoin de connaître la vérité sur la mort tragique de votre amie. Nous sommes tous deux dans la même galère, ce vide immense laissé par ces morts violentes et inexpliquées. Ne pas savoir est tout simplement insupportable.

Son regard s'est adouci et croise celui de Ric. À cet instant précis, j'ai le sentiment qu'une connivence naît entre la maîtresse de l'artiste et mon ami. Deux êtres liés par le même besoin viscéral de réponses.

Le silence se fait.

Quelques instants plus tard, Jeanne le brise :

— Pour en revenir à votre question, inspecteur Vinkler, lorsqu'un peintre est reconnu, sa cote s'envole parfois après son décès. Vu le talent exceptionnel de Joao, je n'ai absolument aucun doute là-dessus.

— Avec les toiles qu'il y a ici, ajoute-t-il en balayant la pièce d'un mouvement de la tête, vous êtes à l'abri du besoin pour un moment, n'est-ce pas ?

Avant que Ric n'ait le temps de dire autre chose, je lui fiche un coup de coude dans les côtes, là où je sais qu'il a mal. Il étouffe un gémissement plaintif.

Je reprends la main.

— Répondez à la question... s'il vous plaît.

Son regard s'est subitement durci.

— Cette maison et tout ce qu'il y a dedans ne m'appartiennent pas.

— Qui sait, il vous l'a peut-être léguée dans son testament ?

Ses yeux lancent des éclairs.

— Vous pensez que j'aurais tué Joao pour l'argent, c'est bien ça ?

Elle ne me laisse pas le temps de répondre et se lève du fauteuil d'un mouvement vif, presque brusque.

— Suivez-moi, lance-t-elle. Vous allez comprendre.

Ce n'est pas une invitation mais un ordre. Sa voix a perdu toute sa douceur pour se faire impérieuse.

15

Déterminée et sans se retourner, Jeanne Orsini se dirige vers une porte au fond de la pièce. Éric et moi échangeons un bref regard avant de lui emboîter le pas, n'ayant d'autre choix que de la suivre pour découvrir ce qu'elle veut nous montrer.

Nous marchons dans un long couloir étroit qui débouche dans une cour intérieure magnifiquement décorée. Des plantes grasses de formes et de hauteurs différentes sont disposées avec soin. Au centre, une petite fontaine. Son filet d'eau ruisselle dans un bassin envahi de nénuphars. Quelques pas encore et nous franchissons une porte massive pour pénétrer dans une pièce plongée dans l'obscurité.

Immédiatement, je sens cette odeur caractéristique qui flotte dans l'air. Ce parfum âcre, c'est celui de la térébenthine. Avant même qu'elle allume, l'évidence s'impose : nous sommes dans l'atelier de Joao Machado.

Lorsque les néons crépitent et s'illuminent, je découvre l'antre de l'artiste. Posée sur une table au centre de la pièce, une palette aux couleurs mélangées, des pinceaux qui trempent dans des pots en verre remplis d'un liquide trouble. D'autres sont abandonnés dans un coin, les poils durcis par la peinture séchée.

Jeanne Orsini s'approche d'une fenêtre qu'elle ouvre avant de repousser les volets. L'air frais chasse les odeurs persistantes.

Des toiles, il y en a partout. Certaines terminées, d'autres non. Sur des chevalets, des esquisses tracées au crayon ou au fusain. Des carnets entiers de croquis.

Le modèle qui prend la pose face au peintre est toujours le même : Jeanne Orsini. Sur une toile, elle est assise les jambes croisées, seins nus, dans un fauteuil en rotin, dans une posture qui évoque l'actrice incarnant le rôle d'*Emmanuelle* au cinéma. Sur une autre, elle est allongée au bord de la piscine, le corps constellé de gouttelettes d'eau ou encore sur une plage déserte, vêtue d'une chemise que le vent colle à ses formes.

Même si je ne suis pas féru d'art, je dois bien admettre que chaque œuvre dégage une sensualité à couper le souffle. Mais au-delà de l'érotisme évident, ce qui me frappe, c'est cette intimité forte qui s'en dégage. Machado n'a pas seulement saisi la beauté de Jeanne, il a capturé la confiance dans son regard, la complicité dans son abandon.

Jeanne Orsini semble pétrifiée. Elle ne bouge pas d'un pouce et fixe l'intérieur de la pièce avec des yeux démesurés, comme si elle venait de croiser le fantôme de l'homme qu'elle aimait.

Je la trouve pâle. Très pâle même.

— Vous ne vous sentez pas bien ?

Elle met deux secondes avant de réagir :

— C'est l'émotion. J'ai l'impression que Joao va entrer et me parler. Depuis sa mort, je n'étais pas revenue ici.

Je me tourne vers Éric.

Comme moi, il est subjugué, sous le charme de l'artiste, ou plutôt de son modèle, à voir sa façon de s'attarder sur les courbes de la jeune femme.

Je me racle la gorge. Aussitôt, il se reprend.

Il fait quelques pas, ouvre un tiroir et observe ce qui se trouve à l'intérieur. Ensuite, il scrute les outils éparpillés, les chiffons tachés de couleurs vives. Puis, poussé par sa curiosité de policier, il se baisse et soulève le capot d'une grosse boîte en bois rangée sous la table. Le couvercle grince. À l'intérieur, des tubes de peinture par dizaines.

— En étudiant le profil de Joao Machado, j'ai noté que ses tableaux se vendaient à des prix faramineux. Rien que dans cette pièce, il y en a pour une fortune et, sauf erreur de ma part, je n'ai pas vu de système d'alarme. Cela ne vous inquiète pas ? Vous n'avez pas peur qu'on les vole ? questionné-je.

— Elles ne sont pas signées, pas plus que celles qui sont dans le salon et n'ont donc aucune valeur marchande, répond-elle avec un calme qui frise l'indifférence.

Je ne me laisse pas démonter par son attitude.

— Vous n'êtes pas sans savoir que les faussaires les plus habiles sont capables d'imiter une signature à la perfection, au point de rendre la copie indétectable.

Jeanne esquisse un sourire énigmatique, puis s'avance vers la toile posée sur l'un des chevalets, celle où elle pose près de la piscine.

— Joao le savait très bien. C'est pourquoi, au moment de la vente, il ajoutait toujours en dessous de son nom, l'empreinte digitale de son doigt. Juste ici, précise-t-elle en indiquant le coin droit en bas du cadre. C'est ingénieux, vous ne trouvez pas ?

Dans ma tête, les connexions se font immédiatement. Ric me lance un regard. Comme moi, il vient de comprendre que nous tenons peut-être le mobile du crime.

— Le doigt de quelle main ? demandé-je avec empressement.

— L'index de la main droite, dit-elle en tendant le sien.

L'amputation subie par Joao Machado n'était donc pas la signature ou le trophée du tueur ni une mutilation gratuite comme je l'avais supposé.

Inutile de se parler, Ric et moi pensons la même chose : le tueur cherchait un moyen d'authentifier les œuvres du peintre afin de leur donner une valeur officielle et de pouvoir les écouler sur le marché de l'art.

Une question me vient à l'esprit.

— Joao Machado avait-il d'autres ateliers ? D'autres lieux où ses œuvres pourraient être entreposées ? fais-je mon stylo à la main, prêt à noircir un peu plus les pages de mon calepin.

— Absolument, répond-elle avec lassitude, comme si cette information était évidente. Joao créait de manière compulsive, quasi frénétique. Bien sûr, il avait un atelier dans sa maison, à Nice...

— Où il vit avec son épouse ? la coupé-je en insistant sur le dernier mot pour observer sa réaction.

Comme je m'y attendais, pas de réponse. Elle se contente de me toiser. Répondre serait admettre l'existence de ce lieu conjugal.

— Il possédait également un appartement à Paris dans lequel il aimait peindre, reprend-elle. Dans le 18ème, sur les pentes de Montmartre. Je l'ai accompagné là-bas à de très nombreuses reprises. Il adorait la lumière sur la butte, la vue qu'on a depuis le Sacré-Cœur.

Subitement, Jeanne Orsini se tourne et s'adresse à Ric :

— Vous n'auriez pas une cigarette, s'il vous plaît ?

— Euh..., oui, bien sûr, dit-il en bafouillant, surpris par sa demande.

Il plonge la main dans sa poche et en ressort un paquet qu'il lui tend. Pendant qu'elle en glisse une entre ses lèvres, il allume son Zippo. Une flamme jaillit, mais vacille sous l'effet du courant d'air venu de la fenêtre. Instinctivement, elle met ses mains autour de celles de Ric. Ainsi protégé, le tabac s'embrase.

Leurs mains restent en contact une seconde de trop, un instant suspendu pendant lequel un simple geste se transforme en une connexion. J'ai capté leurs regards. Entre eux, un éclair rapide, presque furtif.

Chacun ayant perdu un être cher, peut-être était-ce une forme de reconnaissance de la douleur qui les ronge ? Ou alors une simple gêne née de cette proximité soudaine ?

Jeanne s'écarte et tire avidement sur la cigarette avec une intensité presque vorace.

— C'est trop fort, trop âcre ! dit-elle en recrachant la fumée. Je ne connaissais pas. C'est quoi cette marque ?

— *American Spirit,* répond Ric. Elles ne sont pas commercialisées en France. Un pote m'en ramène à chaque fois qu'il va aux États-Unis. Désolé, je n'ai que ça à vous proposer.

En faisant la grimace, elle l'écrase du bout de sa chaussure sur le béton maculé de taches anciennes.

— Où qu'il soit, reprend-elle, Joao pouvait s'enfermer des jours entiers pour peindre, sans sortir. Durant ces moments-là, il réalisait parfois plusieurs toiles. Mais si l'une d'entre elles ne le satisfaisait pas, et c'était souvent le cas, il la détruisait sans hésiter. Il ne supportait aucune approximation. Pour lui, *l'art ne pouvait tolérer l'imperfection.* Ce sont ses paroles. Il les répétait très souvent.

Soudain, elle braque ses yeux sur moi.

— Si vous aviez été consciencieux, inspecteur, et que vous vous étiez appliqué dans vos recherches, vous sauriez déjà tout ça, me lance-t-elle sur un ton piquant.

Irritée, elle se met à arpenter la pièce. Ses talons martèlent nerveusement le sol.

Tout à coup, elle se fige. Son regard bleu acier passe de Ric à moi.

— Et notamment, cette façon unique de signer ses œuvres. Ceux qui s'intéressent à sa peinture sont tous au courant. Tous. À présent, j'en ai assez entendu. Veuillez sortir de chez moi !

16

De retour à la voiture, Ric claque la portière et me lance :

— Sacrée femme ! Non seulement elle est belle à damner un saint, mais en plus, elle a du cran et un caractère bien trempé.

— C'est le moins qu'on puisse dire. T'as vu comme elle m'a rembarré ? Elle n'a peur de rien.

Il se tourne vers moi, sa main se referme sur mon avant-bras.

— On tient enfin quelque chose. Pas de vagues suppositions, mais une vraie piste. Du concret.

Il en est persuadé et j'avoue que moi aussi.

— Le tueur a peut-être déjà volé les toiles que Machado avait à Paris ou à Nice, suggéré-je. Ou alors, il est sur le point de passer à l'action. Dans les deux cas, il faut vérifier. Et vite. S'il n'a pas encore agi, il faut monter une planque et surveiller ces lieux, sans oublier la maison où vit Jeanne Orsini.

Je tourne la clé de contact. Le moteur de la 205 toussote, hésite une seconde, puis rugit enfin.

— Il est temps que j'informe Bertin, dis-je en enclenchant la première.

Ric s'enfonce dans son siège, un sourire amer sur ses lèvres.

— Peut-être que ce baltringue va enfin me lâcher. Même avec un alibi en béton, puisque j'étais chez toi la nuit des meurtres, et l'absence totale de preuves, pour lui, je reste le coupable idéal. Il veut ma tête. Ce type est vraiment con comme une table.

— Avec ce qu'on a, le rouquin va t'oublier. Crois-moi.

Trente-cinq minutes plus tard, je me range dans la cour du 99 bis cours Fauriel et je coupe le contact.

Après avoir quitté Montbrison, j'ai fait un crochet par le centre-ville pour laisser Ric chez lui. Je ne veux pas que Bertin ou le commissaire sache qu'on s'est vus.

Lorsque je franchis la porte, les conversations s'arrêtent net. Un silence de plomb s'abat. Les regards des collègues me suivent tandis que je traverse la salle.

Que se passe-t-il encore ? songé-je en rejoignant mon bureau.

J'ôte mon veston et desserre ma cravate. Je m'apprête à m'asseoir quand Clovis fait irruption, le visage fermé.

— T'en as mis du temps ! Et épargne-moi le coup des obsèques qui ont traîné en longueur. T'étais où ? Je te rappelle que c'est moi qui dirige cette enquête. Alors je veux savoir à chaque instant où tu es et ce que tu fais. C'est clair ?

Je me retiens de l'envoyer balader avec les mots bien sentis que j'ai sur le bout de la langue.

— Assieds-toi au lieu de brailler et écoute, finis-je par dire d'une voix calme mais ferme. C'est du lourd.

Intrigué malgré lui, il se laisse choir sur la chaise en face de moi.

En quelques minutes, je lui raconte mon entrevue avec la maîtresse de Machado. Au fur et à mesure de mon exposé, je vois les yeux de Bertin s'arrondir. Son scepticisme habituel semble avoir disparu.

— J'ai pris sur moi de me rendre chez elle, concédé-je. J'aurais dû te prévenir, je sais, mais j'ai saisi l'occasion. Je suis désolé et, promis, ça ne se...

D'un geste brusque du bras, *Carotte* m'interrompt.

— Ton initiative a clairement fait avancer l'enquête. Bien joué, Lenatnof. J'attends ton rapport écrit.

Un remerciement. Le tout premier qu'il m'adresse depuis qu'on est forcés de travailler ensemble. Je crois bien que je vais défaillir !

— De mon côté, poursuit-il, je contacte les collègues de Paris et de Nice afin qu'ils mettent en place une surveillance discrète autour des domiciles de Machado. Et j'envoie tout de suite une équipe pour surveiller la maison à Montbrison.

À travers les vitres du bureau, j'aperçois les collègues dans la salle commune. Ils sont toujours là à m'observer, l'air vaguement inquiet.

Je ne sais pas trop quoi penser de leur attitude. À mon avis, rien de bon. Soudain, une coulée de glace me laboure l'échine. Et si Bertin avait découvert que j'ai *« emprunté »* du fric dans les scellés ?

Je déglutis péniblement, la gorge sèche. Je vais vite être fixé, car un fin sourire étire la bouche de Clovis.

— Figure-toi que moi aussi, j'ai une info... et de premier ordre.

— Ah bon ! Alors qu'est-ce que t'attends pour m'en faire profiter, dis-je, à la fois angoissé et pressé d'en finir.

— Ça concerne ton pote, Vinkler.

Intérieurement, je souffle. Ce n'est pas après moi que cet abruti en a. Aussitôt après, je sens les poils se hérisser sur mes bras. Sa cible, ce n'est pas moi, c'est Éric.

— Tu te souviens quand je lui ai demandé s'il possédait une autre arme ?

— Bien entendu. Et Ric t'a répondu que non.

— Eh bien, il a menti, cette fripouille. Sa parole ne vaut rien.

— C'est mon coéquipier et je le connais bien, m'écrié-je, énervé par ses sous-entendus. Comme il te l'a dit, il n'a que son Manurhin de service. Point final.

— Faux, rétorque-t-il d'une voix triomphante.

Sûr de lui, il se lève et s'approche de moi.

— C'est Vinkler, l'assassin. Le responsable de ces meurtres, c'est lui. C'est mon intime conviction.

— Ça tourne à l'obsession. Tu t'accroches à Ric comme une tique sur un clébard.

— Non. Je fais mon travail avec rigueur. Mon enquête se base sur des faits, rien d'autre. Et les faits, eux, sont sans pitié.

— Tout ça, c'est des conneries ! Tu cherches à le piéger par tous les moyens. Voilà la vérité.

Les mains croisées dans le dos, il se met à arpenter la pièce.

— Certain d'avoir laissé passer un détail crucial, j'ai relu le rapport balistique, en l'examinant ligne après ligne. C'est là qu'un élément m'a sauté aux yeux, un point qui m'avait échappé. J'ai appelé le technicien qui a effectué les analyses pour lui demander quelles armes utilisent des cartouches de calibre 7,65 mm. Bien sûr, il m'en a cité plusieurs, mais l'une d'elles a retenu toute mon attention : le Luger P08.

— Pourquoi celle-là précisément ?

— Tu vas vite comprendre, Lenatnof. C'était il y a quelques années, bien avant que tu débarques ici. Vinkler s'était vanté, devant plusieurs collègues dont je faisais partie, de posséder un Luger.

— Si ce que tu dis est vrai, ce qui reste à prouver, Ric aura inventé cette histoire pour frimer, faire le malin. Ça lui ressemble assez, je le reconnais volontiers.

— J'étais certain que tu dirais ça. Du coup, j'ai voulu en avoir le cœur net. J'ai contacté un inspecteur présent ce jour-là. Aujourd'hui à la retraite et passionné d'armes à feu, il se rappelait parfaitement la scène, d'autant plus que Vinkler était passé chez lui, quelques jours après, pour lui montrer le flingue. Il lui avait expliqué que c'était une relique familiale récupérée par son grand-père sur le cadavre d'un officier allemand pendant le débarquement en Normandie. Un Luger P08. Un pistolet qui tire des munitions de calibre 7,65 mm. Tu vois où je veux en venir ?

Carotte marque une pause, savourant l'effet de ses paroles.

— Ce sont les mêmes balles que celles retrouvées sur le corps de Rosita Fauvel et Joao Machado. Étrange coïncidence, tu ne trouves pas, Lenatnof ? Très étrange, pour ne pas dire criante quand on sait que ton pote est aux abois et qu'il doit du fric à beaucoup de monde. L'occasion était trop belle pour qu'il la laisse passer : un peintre richissime, seul avec sa femme dans une chambre d'hôtel. Il les tue, sectionne l'index de Machado et…

— Stop ! hurlé-je en me levant d'un bond. J'en ai assez entendu. Tu délires complètement, Clovis. Ta théorie est bancale, elle ne tient pas la route une seule seconde !

— Qui marche droit trouve toujours la route assez large, rétorque-t-il, imperturbable.

Il n'en démord pas. Moi non plus.

— Et surtout, tu oublies le principal : pourquoi aurait-il tué Rosita ? Ils s'aimaient, à leur façon certes, mais jamais Ric ne lui aurait fait de mal. T'es tellement obsédé par l'idée de le coincer que tu racontes n'importe quoi.

Il me fait signe de me rasseoir, j'obéis. Il se penche et pose les mains à plat sur mon bureau, son visage à quelques centimètres du mien. Si près que je sens son haleine fétide.

— J'ai une mission pour toi, Lenatnof. Je veux voir Vinkler demain à 9 heures pétantes dans mon bureau avec son pistolet. Avec l'expertise de l'arme que je vais demander, nous saurons si c'est lui, comme je le pense, qui a appuyé sur la détente. Alors, amène-le-moi. C'est un ordre !

17

Sitôt le compte-rendu de mon entretien avec Jeanne Orsini terminé, je le relis à l'affût d'un détail que j'aurais oublié. Ensuite, je traverse le couloir pour le déposer sur le bureau de Bertin.

— Voilà qui est parfait, commente-t-il en parcourant le document des yeux. Je vais le transmettre au commissaire. Il sera ravi de ma brillante idée de t'avoir envoyé interroger la maîtresse de Machado.

Je serre les mâchoires. Une colère sourde monte en moi. *Carotte* s'approprie sans vergogne mon initiative, les informations obtenues de la bouche de Jeanne Orsini. Le patron va le féliciter pour son flair, tandis que moi, je reste dans l'ombre, un simple exécutant. Mais au fond, je m'en contrefiche. Je ravale ma rancœur, je laisse au rouquin les honneurs, les courbettes, et je quitte le commissariat.

La porte claque derrière moi, et je respire à pleins poumons, libéré de cette atmosphère viciée. L'essentiel est ailleurs : je dois parler à Ric et tirer cette histoire de pistolet au clair.

Je rejoins ma 205. Le moteur, encore tiède, démarre au quart de tour. Je passe la première et file rue Michelet, là où mon ami habite. C'est en plein cœur de Saint-Étienne, pas très loin de la clinique du même nom, à deux pas de la rue des Martyrs de Vingré où Rosita se produisait dans ce cabaret : *l'Oiseau de Nuit*.

Je slalome entre une 4L et une Peugeot 104.

En cette fin d'après-midi, la circulation est fluide. Je me souviens qu'avant la mise en liquidation de *Manufrance*, il était impossible de circuler à cette heure-ci. Une marée humaine d'ouvriers et d'employés déferlait des ateliers et des bureaux, envahissant le cours Fauriel et les rues alentour.

Je double un trolleybus vert de la STAS. Ses perches crépitent par intermittence sur les lignes aériennes.

Sur les ondes de *M'Radio*, un speaker annonce que Roger Milla et Jean Castaneda, désormais rétablis de leurs blessures, seront présents sur la pelouse du stade Geoffroy-Guichard pour affronter...

Je ne prête qu'une attention distraite à ces mots qui se perdent en un lointain murmure.

En fait, c'est Clovis Bertin qui m'occupe l'esprit. Je revois son mépris au coin de ses lèvres. Et surtout, j'entends à nouveau le ton mielleux de sa voix. Ses sous-entendus tournent dans mon crâne comme un disque rayé : *« Vinkler lui avait montré le flingue... Un Luger... Calibre 7,65 mm... Étrange coïncidence... »* Chaque mot se répète jusqu'à devenir un bourdonnement qui me vrille le cerveau.

Enfin arrivé à destination, je ralentis à la recherche d'une place. Par chance, un taxi libère la sienne. J'en profite aussitôt.

Je monte les marches de l'escalier une à une jusqu'à l'appartement de Ric, perché sous les toits. L'ascension est rude. Enfin parvenu au 5ème étage, je peine à reprendre mon souffle.

Avant même que je toque à la porte, il m'ouvre.

— Je fumais une clope à la fenêtre. Je t'ai vu te garer dans la rue, lâche-t-il un mégot entre ses doigts jaunis. Entre donc.

La mort de Rosita l'a anéanti. Sa voix est plate, sans relief, comme si chaque mot lui demandait un effort démesuré. D'ordinaire, il trouve toujours une plaisanterie, un sourire en coin pour alléger les moments les plus tendus. Là, il n'y a plus rien. Pas d'étincelle. Pas de colère non plus. Juste un vide immense.

Je franchis le seuil. C'est la première fois que je reviens chez lui depuis le décès de Rosita. Son parfum envoûtant flotte encore. Un mélange de patchouli et de vanille. Sur le dossier du vieux divan défraîchi, j'aperçois une veste de femme. Sur la table basse en formica, à côté d'un cendrier débordant de mégots, traîne une brosse à cheveux. Chaque objet donne l'illusion qu'elle pourrait surgir à tout instant d'une autre pièce.

Ric m'attrape le bras. Aussitôt, je sors de mes rêveries.

— Tu fais une tête de six pieds de long. Que se passe-t-il, Boris ?

— C'est à cause de Bertin, pardi !

— Qu'est-ce qu'il mijote le rouquin ? Un coup tordu, je parie ?

Je sais que ça ne va pas lui plaire, mais je me lance :

— Les balles extraites des corps sont de calibre 7,65mm. Elles auraient pu être tirées par un Luger. En tout cas, c'est ce qu'il avance.

Ric pâlit. Pour tenter de masquer sa réaction, il s'empare de son paquet d'*American Spirit*, en sort une et l'allume.

— Et alors ? tente-t-il d'une voix plate, sans conviction.

Je connais suffisamment Ric pour savoir qu'il se passe quelque chose. L'instinct du flic prend le dessus sur l'ami.

— Tu me caches un truc, Ric. J'aime pas ça. Crache le morceau.

Il passe nerveusement la main dans ses cheveux blonds.

— Ok… oui. J'ai un Luger, finit-il par lâcher. C'était celui de…

— Ton grand-père, je sais. *Carotte* m'a raconté. Où est-il ?

— Aucune idée. Je ne sais même plus où je l'ai rangée… sans doute à la cave. Ça fait une éternité que je ne l'ai pas eue entre les mains.

— Il va pourtant falloir trouver ce Luger. Le rouquin veut te voir demain matin au commissariat avec l'arme. Il va demander une expertise pour savoir si des munitions ont été tirées avec dernièrement. Mais vu qu'elle n'a pas servi depuis des lustres, voilà un excellent moyen pour faire taire ce roquet et qu'il te foute la paix une bonne fois pour toutes.

Il baisse la tête, l'air penaud.

— En fait, euh…, je l'ai plus.

— Hein ? m'écrié-je, stupéfait. Comment ça, tu ne l'as plus ? Tu viens pourtant de me dire que…

— Je l'ai vendue, me coupe-t-il sèchement. À un brocanteur. Il me fallait de l'argent, une dette de jeu à régler. Mon créancier me collait aux basques. J'avais plus le choix. C'était il y a quelques mois... enfin, je crois.

— Putain, Ric ! explosé-je. T'as le don pour te fourrer dans des situations merdiques ! Tu te rends compte de ce que ça veut dire ? Comment tu comptes expliquer ça à Bertin ?

— Je lui dirai exactement ce que je viens de te dire. Parce que c'est la vérité. Tout simplement.

— T'en es bien certain ? insisté-je en le scrutant.

Il se redresse aussitôt, piqué au vif.

— Évidemment, répond-il du tac au tac. J'ai rien à cacher.

Il braque ses yeux sur moi, les sourcils froncés.

— Pourquoi tu me demandes ça ? Tu doutes de moi ?

— Non. Bien sûr que non, dis-je en levant les mains pour calmer le jeu. Mais demain, *Carotte* va te tomber dessus. Et il ne te fera pas de cadeaux. Alors, prépare tes arguments. Je passerai te prendre chez toi.

— Ce clown n'a rien contre moi ! éructe Ric, hors de lui. D'accord, j'avais un Luger, calibre 7,65. Et après ? Il croit que je suis le seul à en posséder un. Des armes capables de tirer ces cartouches, il y en a des dizaines. Et il le sait très bien.

— C'est noté. N'en parlons plus.

Je me fends d'un sourire, histoire de détendre l'atmosphère, et je change de sujet.

— Tu m'offres une bière ?

Il hoche la tête sans dire un mot. L'exaspération est toujours là, à fleur de peau. Il se lève, fait quelques pas et ouvre le réfrigérateur. Ses gestes sont brusques. Perdre la femme qu'il aimait est déjà une épreuve terrible. Mais devoir, en plus, porter le poids du soupçon, c'est insupportable.

Et ça, je le comprends parfaitement.

18

Le lendemain, je frappe à la porte de Ric, un sachet de croissants encore tièdes à la main.

Il est 8 heures. Le rendez-vous avec Bertin est dans une heure.

Quand Ric m'ouvre, il est en pyjama, les cheveux ébouriffés et en train de bâiller.

— Tu as la tête du type qui n'a pas fermé l'œil de la nuit. C'est la perspective de ton rencard avec *Carotte* qui t'a empêché de dormir ?

— Non. C'est plus compliqué que ça. Entre, je vais t'expliquer.

Ric semble mal à l'aise, presque gêné. Aussitôt, et pour bien le connaître, je me dis que ça ne lui ressemble pas.

— Okay, mais d'abord va prendre une douche et te raser. Tu ressembles à un zombie. Pendant ce temps, je prépare le café.

Dans l'appartement, le désordre règne toujours, mais mon instinct me dit que quelque chose a changé. J'ai beau observer autour de moi, je n'arrive pas à déceler ce qui cloche.

Quelques minutes plus tard, je remplis les tasses lorsque Ric fait irruption dans la cuisine. L'air plus fringant, il s'assoit et attaque les viennoiseries.

— J'ai une faim de loup, grogne-t-il entre deux bouchées.

J'avale une gorgée lorsqu'une petite lumière s'allume dans mon esprit. Je comprends enfin ce qui est différent. Ce n'est pas un objet qui manque ou qui a été déplacé. C'est une odeur… non, un parfum. Celui de Rosita avec ces notes chaudes et épicées s'est dissipé pour laisser la place à un autre plus frais, aux senteurs florales. Une senteur qui prend le dessus sur tout, y compris le café. Je comprends immédiatement.

— Jeanne Orsini est venue ici !

Ric sursaute, son croissant suspendu à quelques centimètres de sa bouche.

— Non, pas du tout ! s'écrie-t-il.

— J'ai le nez fin et je sens son parfum, ici, chez toi. Alors, te fous pas de moi ! J'attends tes explications.

Il baisse les yeux et joue avec les miettes sur la table.

— Lorsqu'on était chez elle, j'ai laissé ma carte de visite sur un meuble près de l'entrée, avec mon numéro de téléphone perso écrit au dos.

— Pourquoi ne m'as-tu rien dit à ce sujet ?

— J'en ai pas vu l'utilité, désolé. Nous avons tous les deux perdu quelqu'un. À sa façon de me regarder, je me suis dit qu'elle ressentait peut-être le besoin de se confier à une personne qui la comprendrait *vraiment,* appuie-t-il. À quelqu'un comme moi. Et j'ai vu juste. Elle m'a appelé hier au soir, peu de temps après ton départ. Je suis aussitôt parti à Montbrison. Son parfum flottait partout chez elle. Voilà ce qui explique cette odeur tenace sur mes vêtements.

— Tu aurais pu te faire repérer, Ric ! Bertin a posté une équipe devant la villa pour surveiller ses allées et venues.

— Je les ai tout de suite repérés. C'est pas au vieux singe qu'on apprend à faire la grimace. Dans d'une cabine publique, j'ai trouvé son numéro dans l'annuaire. Une fois en ligne, elle m'a indiqué une autre entrée, à l'arrière, donnant sur une rue secondaire. Une porte discrète.

Je m'assois en face de lui, les sourcils rapprochés.

— Et qu'avait-elle de si important à te dire ?

— Si tu n'avais pas démarré sur les chapeaux de roues, c'est justement ce que j'allais t'expliquer, Boris. Jeanne m'a dit...

— Parce que tu l'appelles par son prénom maintenant ?

Ric me lance un regard exaspéré.

— Je viens de perdre ma femme. Qu'est-ce que tu vas imaginer ? Arrête avec tes sous-entendus à deux balles. Tu veux savoir ce qu'elle m'a dit, oui ou non ?

— Je t'écoute. Et t'as intérêt à ne rien omettre, Ric. Ni à me raconter des salades. Compris ?

Il acquiesce d'un mouvement de tête, comprenant que sa marge de manœuvre a disparu.

— Lorsqu'on était chez elle, elle ne nous a pas tout dit.

Je le fixe, cherchant déjà la moindre faille dans son récit.

Ric se racle la gorge et se lance :

— Machado lui a téléphoné ce soir-là. Il lui a dit qu'il allait bientôt quitter l'hôtel pour rejoindre le directeur du musée et finaliser les derniers détails de l'exposition, qu'il n'aurait pas le temps de passer la voir et qu'il était désolé.

— Il a dit quasiment la même chose à son épouse, constaté-je. Ce type était un sacré comédien, son discours parfaitement huilé.

— Jeanne Orsini a senti le mensonge. Pour en avoir le cœur net, elle est montée dans sa voiture et elle a foncé jusqu'à l'hôtel Terminus, près de la gare de Châteaucreux. C'est là que Machado séjournait à chaque fois que son épouse l'accompagnait. Elle est arrivée pile au moment où il montait dans un taxi. Elle l'a suivi jusqu'à *l'Oiseau de Nuit* où dansait Rosita. Bien plus tard, il est ressorti avec elle. Il devait être minuit.

Son visage se ferme. Évoquer la femme qu'il aimait est difficile. Je reste silencieux et j'attends qu'il se reprenne.

Ric boit une gorgée de café, puis une autre et poursuit :

— Ils sont partis à pied jusqu'au Grand Hôtel. C'est à deux pas du...

— Du cabaret, je sais. Je connais le quartier.

La gorge serrée, Ric explique que Jeanne avait compris que son amant allait passer la nuit avec une autre. La veille encore, il lui avait juré qu'il n'y avait qu'elle dans sa vie. Ce soir-là, elle voulait le confronter et en finir avec ses mensonges. Mais elle n'en a pas eu le courage, réalisant qu'elle l'aimait toujours, malgré tout.

— Et c'est en larmes et le cœur gros qu'elle est rentrée à son domicile, termine-t-il.

— Pourquoi ne nous a-t-elle rien dit de tout ça lorsqu'on était chez elle ? C'était pourtant simple, dis-je, sceptique.

— Je ne sais pas. Sans doute la peur de paraître suspecte. D'être celle qui avait un mobile.

— Facile comme argument, mais il ne me convainc pas. Et pourquoi t'en parler à toi ?

— Parce qu'elle sait que je suis sur la touche. Et comme je viens de te le dire, moi aussi j'ai perdu quelqu'un que j'aimais. Nous partageons la même blessure, la même peine.

Ric se penche vers moi.

— Désolé Boris, mais elle n'a qu'une confiance très relative envers la police et m'a demandé à moi d'enquêter, *à moi*, insiste-t-il. Elle sait que je vais tout mettre en œuvre, que je vais remuer ciel et terre pour retrouver l'assassin de Rosita et, par la force des choses, celui de Joao Machado, son amant. Tu comprends ?

Je ne dis rien. Les aveux de la maîtresse du peintre sont invérifiables, et Ric le sait. Je le vois dans son regard.

— Jeanne Orsini est persuadée que Joao a été tué par sa femme. Il voulait divorcer pour épouser sa maîtresse. Peu de temps avant sa mort, le couple a eu une violente discussion à ce sujet. Clélia ne cessait de lui répéter que Jeanne n'était qu'un caprice, une passade et qu'il finirait par la quitter dès qu'une autre croiserait sa route. Elle, en revanche, se targuait d'être son pivot, la seule qu'il aimait vraiment et vers laquelle il finissait toujours par revenir.

— La queue entre les jambes, complété-je.

Ric se resserre en café.

— Mais cette fois, Machado lui a tenu tête, poursuit-il. Avec Jeanne, c'était différent. Il avait trouvé la perle rare, la personne avec qui il voulait fonder une famille, avoir des enfants. Ce que Clélia n'a jamais pu lui donner. Ça a été le coup de grâce, la pire des trahisons. Un mobile en or massif. Elle allait tout perdre : son statut, son argent, sa raison d'être. Et elle ne l'a pas supporté. C'est pourquoi elle a tué son mari...

— Non. Impossible, Ric, le coupé-je avant qu'il n'aille plus loin.

— Pourquoi ça impossible ?

— On en déjà parlé, rappelle-toi. Plusieurs témoins affirment que Clélia Machado ne les a pas quittés cette nuit-là. On a vérifié et tout est rigoureusement exact. C'était consigné noir sur blanc dans le rapport que tu as lu dans ma voiture.

— Oui, je sais. Mais rien ne dit qu'elle ait agi elle-même. Elle a très bien pu payer un professionnel. Pour un paquet d'oseille, toi comme moi savons qu'il existe des types prêts à accepter ce genre de contrat sans poser de questions.

Je dois admettre qu'il a raison. Aussi, je poursuis en m'efforçant de donner de la cohérence à son raisonnement :

— Ça expliquerait l'erreur du tueur, concédé-je. Il a abattu Rosita au lieu de Jeanne Orsini. Dans l'esprit de Clélia, le plan était limpide : faire d'une pierre deux coups. Se débarrasser du mari qui voulait la quitter et de la femme qu'il comptait épouser.

D'un bond, Ric se lève et arpente le salon. Je le connais assez pour savoir qu'il a une autre lecture des faits. Brusquement, il s'arrête.

— Non, Boris. C'est pas ça. Tu fais fausse route.

— Ah bon ! fais-je, décontenancé.

— C'était bien plus malin que ça de la part de Clélia. En faisant tuer Rosita, une parfaite inconnue, plutôt que Jeanne, la maîtresse officielle, elle a brouillé les pistes. C'était ça, le plan.

Nerveux, Ric reprend son va-et-vient dans la pièce.

— Clélia a engagé un tueur avec un objectif simple : éliminer Machado. Le reste, c'était accessoire. Le type a abattu celle qui se trouvait avec lui cette nuit-là. Le destin a voulu que ce soit Rosita. Elle a payé pour une vengeance qui ne la concernait pas.

Je reste silencieux, me remémorant chaque étape de son argumentation. Je reconnais qu'elle est non seulement brillante, mais qu'elle tient la route avec une logique implacable, chaque pièce du puzzle s'emboîtant parfaitement.

— Tout à l'heure, quand tu seras dans le bureau de Bertin, fais-lui part de ta théorie la concernant. Mais tu le connais, dès qu'une idée ne vient pas de lui, il se braque. Alors ravale ta rancœur, garde ton calme et ne le provoque pas. T'as rien à gagner à l'affronter.

Je fixe Ric et j'insiste :

— N'oublie pas que tu es déjà en mauvaise posture. Et ça ne va pas s'arranger quand tu lui annonceras que tu n'as plus le Luger parce que tu l'as vendu. Alors pèse chaque mot. Laisse-le croire qu'il garde la main. Et bien sûr, pas un mot sur ta visite nocturne chez Jeanne Orsini.

Ric tend la main vers moi, paume ouverte, dans un geste franc, sans calcul. Je fais de même. Le bruit sec d'une claque retentit.

— Je ne sais pas ce que je ferais si tu n'étais pas là pour me sauver les miches à chaque coup dur, dit-il avec une lueur de gratitude dans le regard. T'es plus qu'un pote, Boris, t'es mon ange gardien.

19

Porte close et rideaux tirés, ça fait un moment que Ric est dans le bureau de Bertin. Pas un bruit, pas un éclat de voix.

— Il aura suivi mes conseils, murmuré-je. Ce serait bien la première fois.

Soudain, la porte s'ouvre. Ric affiche un sourire au coin des lèvres. Il referme le battant avec une retenue inhabituelle, sans le claquement sec dont il a le secret.

— Alors ? fais-je, impatient.

— Pas ici, souffle-t-il en tournant la tête vers la sortie. Je t'attends au bistrot du coin. En attendant, *Carotte* veut te voir. Ça urge.

Je toque à la porte.

— Entre, Lenatnof.

À peine suis-je installé qu'il attaque, sans préambule :

— Suite à l'appel à témoins relayé dans la presse, un homme a contacté le commissariat. Il affirme avoir vu une femme rôder près du Grand Hôtel, la nuit des meurtres. Je l'ai auditionné hier soir. Il promenait son chien. Il l'a remarquée, cachée sous un porche, comme si elle ne voulait pas être vue. J'ai eu la lumineuse idée de lui montrer les photos de Clélia Machado et de Jeanne Orsini. Sans la moindre hésitation, il a désigné la maîtresse.

Voilà qui confirme ce qu'elle a raconté à Ric hier au soir, me dis-je intérieurement.

Bertin marque une pause, savourant son effet. Il laisse filer quelques secondes et reprend son récit :

— Pour ce qui est de l'heure, c'était pile lorsque Machado et Rosita Fauvel sont entrés dans l'hôtel. Le témoin est formel : son chien est réglé comme une horloge. Il demande toujours à sortir sur le coup de minuit.

Visiblement ravi, Clovis se recule dans son fauteuil.

Bien calé, il m'explique qu'il a convoqué ce matin, à la première heure, Jeanne Orsini afin de savoir pourquoi elle avait omis ce détail capital et ce qu'elle faisait près du lieu des crimes.

Lors de l'interrogatoire, elle a tout de suite admis avoir menti par crainte d'être suspectée. Pour sa défense, elle a prétendu ne pas être entrée dans l'hôtel. Mais personne ne peut le confirmer. Ensuite, elle a déclaré avoir vu un clochard sortir de sous la bâche d'un camion garé dans la rue sur le côté du Grand Hôtel. En beuglant, il s'est soulagé la vessie en pissant sur un mur.

— Sa déclaration corrobore celle du sans-abri.

— Exactement, approuve Bertin. Et ce n'est pas tout. Comme lui, elle affirme avoir vu un homme à proximité de l'entrée de service de l'hôtel. Elle a donné de lui une vague description : grand et costaud, tu parles ! Pour avoir parlé avec le directeur de l'établissement, le personnel va et vient tout au long de la journée, mais pas la nuit. Les employés prennent leur poste à 22 heures et le quittent à 6 heures du matin. Dans cet intervalle, personne n'entre ou ne sort par là. Ce que je retiens, c'est qu'elle était là. Aussi, je veux que tu perquisitionnes chez elle. Trouve le doigt du peintre et l'affaire sera bouclée.

Avec son sens habituel du raccourci, Clovis va vite en besogne.

— Admettons que ce soit elle. Si elle a coupé l'index de son amant pour signer ses toiles, elle n'est pas assez stupide pour le laisser traîner chez elle. Cette femme est bien plus rusée. Et puis pourquoi abattre Rosita ? Ça n'a pas de sens.

— Elle aura vu son visage. Un dommage collatéral. Cette femme est machiavélique et n'en est pas à son coup d'essai.

— Ah bon ! Développe, tu veux bien ?

— J'ai creusé son profil. Et il n'est pas piqué des hannetons.

Bertin m'explique que, bien avant Machado, Jeanne Orsini a été l'épouse de Glen Macarthur, une rockstar anglo-saxonne qui a amassé des millions de livres sterling. L'homme est mort d'une overdose dans des circonstances troubles. Scotland Yard l'a suspectée un temps, mais aucune preuve tangible n'a pu être trouvée. Elle pensait hériter de la fortune de son défunt mari, mais Macarthur avait omis de lui parler d'un enfant né d'une précédente union. L'héritier légitime a fait valoir ses droits, et tout ce que possédait le chanteur lui a échappé.

— Ne s'avouant pas vaincue, poursuit Clovis, elle a jeté son dévolu sur un autre pigeon. Un footballeur italien dont le nom m'échappe. Cette fois, elle a disparu avec des bijoux. La presse à scandale locale évoquait un préjudice d'environ cent cinquante millions de lires, soit l'équivalent de cinq cent mille de nos francs. Le joueur n'a jamais porté plainte car elle le tenait par les couilles. Accro à la coke, il aurait été photographié par elle en train de sniffer un rail. C'est peut-être des ragots, mais comme on dit : *« Il n'y a pas de fumée sans feu. »*

Il marque une pause et me laisse le temps d'assembler les pièces de ce puzzle : la groupie devenue épouse suspecte, la maîtresse voleuse et enfin la muse peut-être meurtrière.

— Ensuite, reprend-il, on perd sa trace quelques années, jusqu'à sa rencontre avec Machado : un artiste richissime et notoirement faible devant les femmes. Une proie rêvée pour cette croqueuse d'hommes.

Clovis lève un doigt en l'air.

— Son projet est de s'approprier ses œuvres. J'en mettrais ma main à couper... sans jeu de mots. Alors, file chez elle et fouille. Je veux des preuves : l'index et, pourquoi pas, le flingue. Ce serait la cerise sur le gâteau, dit-il en me tendant une commission rogatoire.

J'acquiesce en silence et je quitte le commissariat pour rejoindre Ric.

Je traverse le cours Fauriel en direction du bar situé à une centaine de mètres. En lettres multicolores, le nom de l'établissement brille au-dessus de l'entrée : *King Cross.*

À l'intérieur, c'est l'effervescence typique du début de matinée. Les tasses s'entrechoquent au milieu des rires et des éclats de voix.

Derrière le comptoir, la machine à expresso siffle. L'odeur du café fraîchement moulu se mêle à celle des cigarettes, *Gitanes* et *Gauloises* pour l'essentiel.

Les conversations vont bon train. Certains parlent politique, critiquent ou encensent la cohabitation Mitterrand Chirac.

D'autres évoquent avec ferveur la remontée des Verts en 1ère division après deux saisons de purgatoire en D2.

Je me fraye un chemin jusqu'au bar où j'aperçois mon ami. Je m'assois sur un des tabourets au cuir craquelé et lève la main pour attirer l'attention du barman. Aussitôt, il place des tasses sous les becs du percolateur. Le liquide noir et épais coule lentement.

Une fois que nous sommes tous les deux servis, je me tourne vers Ric.

— Alors ? Qu'est-ce qu'il a dit?

— Pour le Luger, je lui ai dit la vérité. À savoir que je ne l'avais plus, que je l'avais vendu.

— Comment il l'a pris ?

— Comme d'habitude, avec un sourire en coin. Il a reconnu qu'il avait sans doute exagéré, mais que je n'en demeurais pas moins coupable d'avoir détenu une arme non déclarée.

— Pas de colère ? Pas de sarcasme de sa part ? demandé-je.

— Rien, je te dis. C'était déroutant. Ensuite, j'ai voulu lui exposer ma théorie sur Clélia Machado, mais il ne m'en a pas laissé le temps et m'a mis dehors. Hier, j'étais dans le collimateur. Aujourd'hui, terminé. Ce type est barge. Pourquoi ce revirement soudain de la part de *Carotte* ?

— Parce qu'il a changé son fusil d'épaule. Désormais, il est persuadé que c'est Jeanne Orsini qui a fait le coup. Bertin l'a auditionnée tôt ce matin. Et figure-toi que cette nana a un sacré pedigree.

— Ah bon !

— D'après lui, elle aurait abattu Machado, puis sectionné son index pour authentifier les tableaux qui se trouvent dans la villa de Montbrison. Des toiles auxquelles elle a accès et qu'elle pourrait subtiliser tant que Clélia ne l'a pas encore mise à la porte.

Je consulte ma montre.

— Désolé, mais il faut que j'y aille. Bertin m'a donné l'ordre de perquisitionner chez elle. C'est la suite logique de son nouveau scénario, dis-je en déposant quelques pièces de monnaie sur le zinc pour régler la note.

— Alors je viens avec toi, lance Ric sans hésiter.

— Non, Ric. Pas question, dis-je fermement. *Carotte* vient de me le rappeler de façon explicite : il ne veut pas te voir sur l'enquête. Si tu assistes à la perquisition, il va forcément le savoir et ça va barder pour ton matricule et, accessoirement, pour le mien.

Je pose une main amicale sur son épaule.

— Je te raconterai, promis. C'est la seule façon de faire avancer les choses et de ne pas se mettre Bertin à dos.

20

Un peu plus tard, je débarque au domicile de Jeanne Orsini. Six collègues m'accompagnent. Déterminé, j'enfonce le bouton de la sonnette. Un grésillement parasite s'échappe de l'interphone, suivi d'un son à peine audible :

— Oui ?

— Police. Inspecteur Lenatnof.

— C'est pour quoi ? répond-elle d'une voix lasse.

— J'ai un mandat signé du juge pour procéder à une perquisition. Veuillez ouvrir, s'il vous plaît.

Aucune réponse. Juste un bip dans le haut-parleur. Elle a raccroché. Aussitôt après, le portail automatique s'ouvre sans bruit.

Je me tourne vers l'équipe.

— Les gars, on passe chaque pièce au peigne fin. Soyez méthodiques et précis. On cherche un bout de doigt et un pistolet. Ils peuvent être n'importe où, alors soyez attentifs : un tiroir secret, une cache dans un mur, derrière une plinthe. Allez, au boulot. Rien ne doit vous échapper. Rien.

Dès que Jeanne Orsini ouvre la porte, je lui présente le document officiel autorisant la fouille de la maison. Elle y jette à peine un regard et s'efface pour nous laisser entrer. Les policiers se dispersent aussitôt, chacun gagnant une pièce différente. Leurs pas résonnent dans les couloirs de la villa.

Pour ma part, j'accompagne Jeanne jusqu'au salon. Je m'installe sur le divan, elle, dans le fauteuil face à moi. Sans une once de maquillage, elle est toujours belle même si sa peau est très pâle.

D'un geste machinal, elle allume une cigarette fine et longue. Entre deux bouffées rapides, elle triture un briquet doré, l'ouvrant et le refermant dans un claquement métallique répétitif.

Mes yeux se posent sur la table basse qui nous sépare. Un paquet entamé de cigarettes *Vogue*. À côté, un verre où stagne le fond d'un liquide ambré, probablement du whisky, et sur le cristal, les traces écarlates d'un rouge à lèvres.

Je me dis que ces détails, en apparence anodins, racontent peut-être une histoire : celle d'une nuit marquée par le chagrin ou alors par un secret trop lourd à porter. Et pourquoi pas une culpabilité tenace ?

Je coupe court à mes élucubrations : je ne suis pas là pour jouer au psychologue mais pour enquêter. Je me concentre sur elle, l'expression de son visage, pour déceler quelque chose qui ne collerait pas ou qui la trahirait.

C'est alors que je remarque qu'à intervalles réguliers, ses yeux glissent non pas vers la porte par où les policiers vont et viennent, mais vers un point précis derrière moi. Un regard furtif accompagné du mordillement quasi imperceptible de sa lèvre inférieure.

Je tourne la tête. À première vue, rien d'anormal : un mur banal sur lequel une toile de Joao Machado est accrochée. Devant, un guéridon en marbre où j'aperçois un trousseau de clés et un cendrier.

Les micro-gestes de Jeanne, ceux qu'on ne peut refréner malgré soi, me titillent l'esprit. Ils n'arrivent jamais sans raison. C'est l'un des enseignements que mon instructeur nous martelait à l'école de police : *« Toujours être vigilant à la gestuelle, aux mimiques, aux tics d'un suspect. Le langage corporel est votre meilleur informateur. »*

Je sens qu'il y a quelque chose qu'elle redoute que je découvre.

— Vous semblez inquiète, fais-je d'un ton neutre.

Elle secoue la tête trop vite. Le cliquetis du briquet s'arrête.

— Non. Pas du tout.

Sa réponse fuse, trop immédiate, trop rapide.

Nos regards se croisent. Elle comprend qu'elle a gaffé et tente de corriger le tir :

— Je... je suis épuisée. Depuis la disparition tragique de Joao, mon sommeil est très perturbé et, cette nuit, je n'ai pas fermé l'œil.

Malgré ses explications, je ne suis pas dupe.

Je me lève et je m'approche du mur qu'elle ne cesse de surveiller. Même si je ne la vois pas, je sens la tension grimper d'un cran derrière moi.

J'examine le tableau. Comme tous les autres dans la villa, le nom de l'artiste est inscrit en bas à droite, mais il n'y a pas l'empreinte de son index. Il est donc sans valeur pour le moment.

Tout près, le guéridon. Les clés tintent quand je les pousse du bout des doigts. Je m'apprête à rejoindre Jeanne quand je remarque les mégots tassés dans le cendrier.

Avec la pointe de mon stylo, je les écarte délicatement. Les filtres sont écrasés et tachés de rouge à lèvres pour certains. La marque du fabricant est parfaitement lisible. Sans surprise, ce sont les *Vogue* que Jeanne fume, mais il y en a d'autres. Tous identiques : des *American Spirit.*

Jeanne déteste ces cigarettes. Elle en a fait la remarque l'autre jour à Ric : *« un tabac trop fort, trop âcre »*, lui avait-elle lancé. Lui, en revanche, c'est tout l'inverse. Il raffole de ce mélange de tabac brut et, comme il l'a précisé ce même jour, cette marque n'est pas vendue en France.

Ric m'a dit qu'il était venu ici hier soir, ce qui explique la présence de ces nombreux mégots.

Je redresse lentement la tête et observe Jeanne. Elle baisse aussitôt les yeux, fixant le tapis persan sous ses pieds. Le briquet dans sa main se remet à claquer, mais de façon plus rapide, plus saccadée. Serait-ce un pic de stress qu'elle ne maîtrise plus ?

Je décide de ne pas lui révéler que je suis au courant pour la visite d'Éric. Je veux voir comment elle va justifier sa présence.

Soudain, une pensée me traverse l'esprit. Et si Ric ne m'avait pas tout dit ? Et s'ils s'étaient entendus pour me tenir à l'écart d'une partie de la vérité ? L'idée d'être mené en bateau m'irrite aussitôt. Je dois éclaircir ça.

Leurs récits vont-ils s'emboîter parfaitement ou vais-je repérer la faille qui les trahira ?

D'un geste vif, je saisis le cendrier et retourne vers elle. Sans un mot, je le vide sur la table basse, étalant les cendres et les mégots.

— Éric Vinkler est venu ici, lancé-je d'une voix plate, en désignant du doigt les filtres *American Spirit.*

Elle ne bronche pas, ne sursaute pas. Durant quelques secondes, elle demeure silencieuse.

— Vous avez raison, finit-elle par dire. L'inspecteur est passé hier au soir, tard.

— Pour quelle raison ? dis-je sur un ton délibérément glacial. Et soyez convaincante, sinon c'est au commissariat que nous poursuivrons cette conversation.

Sans relever la tête, elle se racle la gorge avant de répondre :

— Nous avons parlé. Lui et moi avons perdu quelqu'un qui occupait le centre de nos vies. Cette douleur, ce manque, ça a créé un lien. Un lien étrange mais bien réel. On se comprend sans avoir besoin de beaucoup de mots. Sa présence hier m'a fait du bien. C'était… comment dire… réconfortant.

Son regard, quand elle le lève enfin, est voilé d'une vulnérabilité qui semble authentique. Une lueur de vraie peine. Mais je ne suis pas là pour compatir ni pour m'apitoyer. Je suis là pour enquêter.

— C'est touchant, rétorqué-je. Mais ça n'explique pas le fait que vous m'avez caché ce rendez-vous nocturne. Pourquoi ne pas m'en avoir informé dès mon arrivée ?

De nouveau, le silence. Elle hésite, ses doigts se resserrent autour du briquet.

— Il craignait que ça lui porte préjudice. Que les apparences soient contre lui. J'ai cru bien faire en restant discrète.

Ma voix se fait plus pressante.

— De quoi d'autre avez-vous discuté ?

Je me penche en avant, réduisant la distance entre nous.

— Que lui avez-vous appris que j'ignore ?

— Absolument rien ! s'agace-t-elle en se levant d'un bond, les yeux brillants de colère. Je vous ai tout dit, alors laissez-moi tranquille !

À ce moment précis, un policier surgit dans le salon et secoue brièvement la tête. Un signe sans équivoque : lui et les autres n'ont rien découvert.

Ni arme. Ni doigt sectionné.

La perquisition est un échec. Quant à ma conversation avec Jeanne, elle me laisse un goût d'inachevé. J'ai la désagréable impression qu'elle me cache quelque chose. Il faut que j'en parle à Éric, que je comprenne enfin ce qui se dissimule derrière ses silences.

Les collègues se sont regroupés et attendent mes ordres. Jeanne comprend que la fouille est terminée.

— Je ne vous raccompagne pas. Vous savez où est la porte, lâche-t-elle avec une pointe de cynisme dans la voix.

21

De retour au commissariat, j'essaye à plusieurs reprises de joindre Éric chez lui. Sur le cadran, je compose une fois encore le numéro. L'oreille plaquée sur l'écouteur, je laisse sonner. Une, deux, trois fois.

— Où diable peut-il bien être ? murmuré-je, agacé.

La porte de mon bureau s'ouvre brusquement. Clovis Bertin passe la tête dans l'encadrement, le visage impassible.

— Les gars viennent de me dire que vous n'avez rien trouvé chez la maîtresse de Machado. Vraiment rien ?

— C'est ça, confirmé-je en raccrochant. Ils ont passé chaque centimètre carré de la villa au crible. Si c'est bien Jeanne Orsini qui est derrière tout ça, elle est diablement maligne. Ou alors, ce qui est tout aussi plausible, elle n'a rien à cacher.

Évidemment, je passe sous silence le fait que Ric lui a rendu visite la veille, conscient que si ça vient à se savoir par la suite, ça va inévitablement m'attirer des ennuis et les foudres de Bertin.

— Tu te trompes, Lenatnof. C'est elle, j'en suis certain. Elle finira par commettre une erreur, tu verras. Les criminels finissent toujours par en faire une.

Soudain, il affiche cet horrible rictus.

— Tu as une information que je n'ai pas ? demandé-je.

— Exact. Je viens d'apprendre qu'elle a pris un billet d'avion pour Cuba. Un pays qui n'a aucun accord d'extradition avec la France et qui n'extrade donc pas les assassins. Ce billet, c'est peut-être son premier vrai faux pas.

Bertin jette un coup d'œil à sa montre.

— Dans une heure, j'ai rendez-vous avec Maître Rochebaron, le notaire de Machado. Il a fait le voyage depuis Nice et recevra les héritiers dans l'étude de Maître Cagnard, un confrère stéphanois. Il a beaucoup insisté pour que la police soit présente lors de l'ouverture du testament.

Carotte marque une pause. Son regard se plante dans le mien.

— Tu penses comme moi ? demande-t-il en guettant ma réaction.

— Il doit y avoir quelque chose de sensible dans les dernières volontés du défunt, fais-je sans hésiter. Assez pour que le notaire refuse d'être seul quand elles seront lues. Peut-être une clause qui risque de faire des vagues.

— Je suis d'accord, Lenatnof. Aussi, tu viens avec moi. On ne sera pas trop de deux pour observer les réactions de chacun. Et puis, qui sait, on pourrait bien avoir la clé de cette sordide histoire. Ou bien ouvrir une nouvelle boîte de Pandore.

Je reste sans voix : *Carotte* veut que je l'accompagne, c'est nouveau ! Dès qu'il sort de la pièce, je tourne le bouton du chariot de ma vieille Olivetti pour insérer les feuilles, puis je pose les doigts sur le clavier. C'est parti pour la corvée que tout flic répugne à faire : taper un rapport.

Une demi-heure plus tard, j'en ai terminé avec le compte rendu de la perquisition, j'ai pesé chaque mot. Je suis en train de le relire lorsque Clovis fait irruption dans mon bureau.

— C'est l'heure. On y va.

J'abandonne tout et je le rejoins.

Lorsque nous franchissons les portes du commissariat, j'aperçois Jacky Léoni, le journaliste rencontré devant la cathédrale le jour des obsèques de Machado. Appuyé contre un mur, vêtu du même veston usé et du même pantalon fatigué, il s'avance vers nous, un sourire engageant sur les lèvres et la main tendue.

— Vous me remettez ? dit-il en s'adressant à moi.

— Bien sûr, fais-je en le saluant à mon tour.

Quand le journaliste se tourne pour faire de même avec Bertin, celui-ci jette un regard froid et dédaigneux à la main qu'il lui tend, la laissant suspendue dans le vide.

— Ici, on enquête. On ne fait pas la manche, crache-t-il d'une voix condescendante.

Sur ces mots, *Carotte* lui tourne le dos et s'éloigne d'un pas vif vers sa voiture. Je reste planté comme un piquet, cherchant vainement quoi dire. Léoni ne semble ni ébranlé ni offusqué.

— Ne soyez pas gêné pour moi, inspecteur, dit-il avec un sourire amusé. Là, il était dans son état normal. Le contraire aurait été franchement inquiétant.

Impressionné malgré moi, je l'observe.

Pour quelqu'un qui a sensiblement mon âge, il y a chez lui une forme d'assurance tranquille, une aisance que je lui envie. Je suis loin d'avoir sa capacité à supporter les accès d'agressivité répétés de Bertin. Rien ne semble intimider Léoni : ni son statut de policier, ni le mépris ouvertement affiché.

— On dirait que vous avez l'habitude, finis-je par dire.

— De me faire rembarrer par des flics qui se prennent pour des cadors ? Un peu, oui, concède-t-il avec un haussement d'épaules. En fait, je voulais vous parler au sujet des meurtres du peintre et…

Un coup de klaxon me fait sursauter. Je me retourne.

À travers le pare-brise de sa voiture, Clovis me fait de grands signes avec les bras pour me dire de me dépêcher.

— Il s'impatiente. Je vais devoir y aller. À une prochaine fois.

Sans attendre la réponse du journaliste, je rejoins *Carotte* au pas de course. À peine ai-je ouvert la portière, qu'il démarre sèchement dans un crissement de pneus, m'obligeant à me jeter à l'intérieur. La portière claque sous l'effet de l'accélération.

— Je peux pas blairer ce fouille-merde, braille-t-il. Son sourire mielleux de gratte-papier, ses vêtements de clodo. Je veux plus voir sa tronche dans le coin. Et interdiction de lui parler, compris ?

— Qu'est-ce qu'il t'a fait ? demandé-je en me cramponnant du mieux que je peux.

— On s'en fout ! rétorque-t-il les yeux rivés sur la route. Mais sache que ce type qui se croit malin avec son calepin et ses questions… lui et ses copains pourrissent tout. Ils sortent des demi-vérités, ils tordent les faits, ils foutent le bordel dans les enquêtes pour vendre leur saleté de torchon. Et celui-là, il a une manière de vous regarder, comme s'il savait déjà tout.

Bertin est de mauvaise humeur. En soi, rien de nouveau ni de surprenant.

— S'il a une info, ce gugusse passe par la voie officielle ou il se la garde. On n'a pas besoin des charognards de son espèce pour faire notre boulot.

Je me tais pour éviter de jeter de l'huile sur le feu, mais une question me taraude : que s'est-il passé entre *Carotte* et ce jeune journaliste qui me semble fort sympathique ?

Clovis accélère. La ride épaisse qui lui barre le front est toujours là.

Les rues pavées défilent. Nous approchons du centre-ville. Je ne sais pas où nous allons. Bertin ne m'a rien dit.

Place de l'Hôtel de Ville, il se gare derrière un camion de livraison aux couleurs du *Casino*. Un livreur décharge des cageots de légumes en sifflotant.

— C'est là, fait *Carotte* en coupant le contact.

Il lève la tête vers les étages au-dessus de l'agence de la BNP située à l'angle de la rue Gérentet.

La cloche d'un tramway tinte. Deux coups secs qui se répercutent sous les arcades de l'Hôtel de Ville.

Clovis et moi, nous entrons dans un immeuble cossu. Le hall sent la cire d'abeille. Sur notre droite, une rangée de boîtes aux lettres parfaitement astiquées. Machinalement, je parcours les noms : Jean Luc Armand, Avocat ; Docteur Vernet, Cardiologue ; Cagnard et Associés, Notaires. C'est donc là que nous allons.

Nous grimpons l'escalier jusqu'au 1er étage.

Sur le palier, Bertin pousse la lourde porte en chêne massif où figure le nom de l'étude gravé sur une plaque en laiton.

Installée derrière le clavier d'une machine à écrire, la secrétaire lève la tête à notre entrée. Chignon strict, tailleur gris et silhouette raide.

— Oui, c'est pour quoi ? dit-elle d'une voix aiguë.

— Inspecteurs Bertin et Lenatnof. Nous avons rendez-vous avec Maître Rochebaron, annonce-t-il.

Elle se lève et lisse le pan de son tailleur tout en laissant échapper un infime soupir. Elle disparaît au bout du couloir pour réapparaître presque aussitôt.

— Il va vous recevoir, Messieurs. Veuillez me suivre s'il vous plaît, dit-elle en minaudant et en se tortillant.

Plus loin, elle pousse une porte capitonnée de cuir vert, puis s'efface pour nous laisser passer.

Un bureau monumental trône au centre de la pièce. Les murs sont couverts de rayonnages chargés de classeurs étiquetés à la main.

Sans se lever de son fauteuil, le notaire nous invite à nous asseoir. Un peu au-delà de la soixantaine, il est vêtu d'un costume trois-pièces anthracite sur une chemise d'un blanc immaculé et une cravate unie. Il pose ses mains à plat sur le sous-main de cuir et nous regarde alternativement.

— Merci messieurs d'avoir répondu présents, je...

Il n'a pas le temps d'achever sa phrase. La secrétaire passe la tête dans l'encadrement de la porte et l'interrompt :

— Veuillez m'excuser, Maître, mais les personnes que vous attendiez sont arrivées.

— Faites-les entrer, Madeleine.

Je me tourne. Clélia Machado apparaît la première. Très élégante, la veuve avance d'un pas assuré, le menton légèrement relevé. Juste derrière elle : Jeanne Orsini. Plus discrète, mais tout aussi soignée, elle arbore une tenue chic.

Deux styles, deux présences, une même tension palpable.

Sans un regard l'une pour l'autre, elles prennent place aux extrémités opposées du bureau et s'ignorent ostensiblement.

Le notaire les salue d'un bref hochement de tête. Ensuite, il ouvre un tiroir et en retire un dossier qu'il pose devant lui.

— Dès que tout le monde sera présent, nous pourrons commencer, annonce-t-il d'une voix neutre en consultant sa montre.

Visiblement surprises, les deux femmes tournent des yeux ronds.

— Tout le monde ? répète Clélia en redressant le buste. Qu'est-ce que cela signifie, Maître ? Qui d'autre est censé être là ?

Jeanne ne dit rien.

Devant le silence du notaire, l'impatience de Clélia monte d'un cran.

— Mais de qui parlez-vous, Maître ? insiste-t-elle.

À cet instant précis, la porte s'ouvre de nouveau.

22

Une très jeune femme fait son apparition dans le bureau du notaire. Fine, les cheveux longs et blonds, elle ne doit pas avoir plus de vingt ans… peut-être moins.

— Qui êtes-vous ? lance sèchement la veuve Machado, visiblement surprise.

Sur le visage de Jeanne, je lis le même étonnement.

La demoiselle ne répond pas et s'assoit entre les deux femmes, sur le fauteuil resté libre. Sa tenue est simple, modeste, et tranche avec les habits soigneusement choisis de la veuve et de la maîtresse.

Le notaire se racle la gorge.

— Nous voilà tous réunis, déclare-t-il. Je vais procéder à la lecture des dernières volontés de feu Joao Machado.

Après avoir mis ses lunettes demi-lunes, il déplie le document d'un geste solennel et entame la lecture d'une voix grave et monocorde :

— Par-devant moi, Maître Rochebaron, notaire à Nice, le 10 décembre 1985, moi, Joao Machado né le…

Clovis me donne un coup de coude. Je suis son regard. Certaine de sa victoire, Clélia arbore un sourire triomphant. Quant à Jeanne, elle étire ses longues jambes gainées de bas, puis les croise avec une assurance provocante.

—… sain d'esprit et en pleine possession de mes facultés, dicte les présentes dispositions testamentaires authentiques. Je révoque toute disposition antérieure…

Le notaire continue avec un flot de termes juridiques : réserve, quotité, acceptation, actif net, jusqu'au moment où il entre dans le vif du sujet.

— La maison de Nice, son mobilier et ses dépendances reviennent en pleine propriété à mon épouse Clélia Machado, sous les conditions et charges prévues par la loi...

Le visage de Clélia s'éclaire un instant, puis s'assombrit au fil des mots du notaire.

—... la villa de Montbrison, et tout ce qu'elle contient, est léguée à Jeanne Orsini...

Clélia lance un regard assassin à la maîtresse de son défunt mari.

—... l'appartement situé à Paris, les avoirs à la banque ainsi que l'ensemble des toiles répertoriées dans les différentes galeries, sont attribués à ma fille, Peggy Dubois...

— Quoi ! explose la veuve furibonde. Qui est-elle d'abord ? Et d'où elle sort ?

Imperturbable, Maître Rochebaron rétorque :

— Comme je viens de l'indiquer, Peggy Dubois est la fille de Joao Machado. Il l'a officiellement reconnue. Tous les papiers sont en règle. J'ai personnellement vérifié.

— On était mariés depuis vingt ans. Si mon mari avait eu une fille, il me l'aurait forcément dit, éructe Clélia en tapant du poing sur le bureau. Il y a incontestablement une erreur. Ou alors, ce testament est un faux.

Le notaire lève une main pour l'interrompre.

— Dans sa clairvoyance, votre défunt époux avait anticipé votre réaction, Madame, déclare-t-il sans se départir de son flegme. Peggy est née de l'union de feu monsieur Machado et de madame Laetitia Dubois.

J'ai l'impression que les yeux de Clélia vont jaillir de leurs orbites.

— Laetitia Dubois ! s'exclame-t-elle, suffoquée. Vous parlez bien de la gouvernante de ma mère ?

— C'est effectivement ce qu'il m'avait confié.

Clélia ne tient plus en place.

— Dire que je l'ai engagée, logée, nourrie pendant des années dans ma maison de Montbrison, pour veiller sur maman jusqu'à la fin. Quelle ingratitude !

Brusquement, son visage se décolore.

— Quelle ordure, murmure-t-elle avant que sa colère n'éclate. Il s'est tapé la bonne dans la chambre voisine de celle de maman et il lui a fait un enfant. Comment a-t-il pu me faire une chose pareille, ce salaud ?

Les mots jaillissent de sa bouche, chargés de mépris et d'amertume.

Peggy se recroqueville sur elle-même, baisse les yeux et fixe son sac à main qu'elle serre convulsivement. Ses pommettes ont viré au rouge cramoisi. Elle ne sait plus où se mettre.

En l'espace de quelques instants, l'atmosphère, déjà lourde, devient irrespirable.

Puis, d'un mouvement brusque, Clélia pivote pour faire face à Jeanne et la fusille du regard.

— Quant à toi, salope, tu as bien manœuvré en lui faisant modifier son testament en décembre dernier. Tu lui as susurré sur l'oreiller de te léguer la villa de Montbrison... *ma maison*, appuie-t-elle.

Jeanne ne répond pas à la provocation. Pas un mot. Pas un mouvement d'humeur. Elle se contente d'afficher aux coins des lèvres un fin sourire énigmatique.

Un silence qui a le don d'énerver Clélia au plus haut point. D'où je suis placé, je vois ses narines frémir tandis que ses mains se crispent sur les accoudoirs. Sa poitrine se soulève par saccades.

— Je suis spoliée par ces deux intrigantes. Ça ne va pas se passer comme ça ! fulmine Clélia Machado le souffle court.

Impassible, le notaire reprend la main :

— Les dispositions sont claires et authentiques, énonce-t-il d'une voix neutre. Toute contestation éventuelle devra passer par les voies judiciaires, dans les délais impartis par la loi. La lecture du testament est à présent terminée.

Clovis et moi échangeons un bref signe de la tête. La même certitude s'impose à nous : la guerre, celle de l'argent, de l'héritage et de la vengeance, ne fait que commencer.

Nous comprenons alors pourquoi Maître Rochebaron a tenu à ce que la police soit présente : il pressentait que ces révélations allaient déclencher une tempête, faisant émerger des mobiles bien plus obscurs que la simple jalousie.

Clélia Machado, suivie par les deux autres héritières du peintre, quitte l'étude en silence. Vidée de ces présences électriques, l'atmosphère se détend.

À peine la porte s'est-elle refermée que le notaire, toujours aussi calme, nous interpelle :

— Compte tenu des circonstances tragiques entourant la mort de mon client, vous comprenez pourquoi j'ai tenu à ce que vous soyez ici aujourd'hui. La présence d'officiers de police n'est prévue par aucun texte comme condition de validité à l'ouverture d'un testament.

Il ajuste ses lunettes, son regard allant de Bertin à moi.

— Mais dans ce contexte très particulier, j'ai estimé qu'il était de mon devoir de vous informer des dispositions prises par le défunt. J'ai fait préparer une copie. Vous y trouverez l'intégralité des clauses avec les codicilles.

Il pousse vers nous une enveloppe marron.

— Joao Machado était bien plus qu'un simple client. Amateur d'art, j'admirais son travail, son talent hors norme. À ses débuts, j'ai été son conseil pour les ventes de ses toiles. Depuis, nous sommes restés amis. Entre deux expositions, il passait souvent me voir à Nice. Il était issu d'un milieu modeste et la peinture a été un révélateur, une façon de s'exprimer, comme d'autres le font avec des mots. C'était un homme d'une grande classe et un ami fidèle.

Soudain, Maître Rochebaron se trémousse dans son fauteuil. J'ai le sentiment qu'il veut nous dire autre chose, mais qu'il n'ose pas.

— S'il y a un fait, un détail, quoi que ce soit que vous voulez me dire, intervient Clovis, c'est le moment, Maître.

Ses doigts tapotent le sous-main en cuir. Il hésite encore un instant avant de se lancer :

— Sous la pression de Laetitia Dubois qui menaçait de tout révéler à son épouse, Joao avait reconnu Peggy à sa naissance. J'avais alors rédigé un acte de notoriété afin d'établir le lien de filiation. Le tout dans la plus grande discrétion : Clélia ne devait rien savoir. Le secret a été bien gardé. J'ai vu Joao pour la dernière fois dans ce restaurant qu'il affectionnait tant, sur la Croisette à Nice. C'était il y a à peine un mois.

Le notaire observe une pause, comme pour peser ses propos.

— Il m'avait confié ses doutes quant au fait d'être réellement le père biologique de Peggy Dubois. Il était persuadé que Laetitia avait abusé de la situation à l'époque en le faisant chanter. Ce sont ses mots. C'est pourquoi il souhaitait faire réaliser des tests qui prouveraient sa paternité ou non de manière irréfutable.

— Mais de quels tests parlez-vous, Maître ? demande Bertin.

— Vous n'êtes pas sans savoir qu'une révolution est en marche concernant l'analyse des marqueurs génétiques chez l'être humain. Même si nous n'en sommes qu'aux balbutiements, les études en cours sont porteuses d'une promesse extraordinaire : celle d'une identité biologique absolue, unique, comme une signature.

Ce sujet me passionne. Je ne peux m'empêcher d'intervenir :

— Tout à fait. Un généticien britannique a récemment publié des travaux dans lesquels il démontre que l'acide désoxyribonucléique, aussi appelé ADN, présente des variations uniques d'un individu à l'autre. Dans une revue spécialisée, j'ai lu que ce même chercheur évoque le rôle que ces marqueurs génétiques pourraient jouer pour identifier une personne sans la moindre ambiguïté. Les perspectives pour les enquêtes criminelles sont immenses.

Carotte me dévisage, les yeux ronds.

— Je suis féru de médecine légale, Clovis, dis-je afin d'expliquer mon élan soudain.

Maître Rochebaron esquisse un infime sourire qui éclaire son visage austère une fraction de seconde.

— Vous êtes bien renseigné, inspecteur. C'est tout à votre honneur. Dans un métier complexe comme le vôtre, une curiosité éclairée est un atout précieux.

Reprenant un air sérieux, il se penche légèrement en avant, comme pour partager un secret.

— Tout comme vous, Joao était fasciné par tout ça. Il y voyait non seulement un moyen de lever ses doutes une bonne fois pour toutes, mais aussi une forme de vérité ultime. Celle qui ne ment pas, contrairement aux apparences ou aux paroles.

Il marque à nouveau une pause, laissant l'idée faire son chemin.

— À ce jour, les analyses sanguines permettent d'exclure une paternité, mais pas de l'établir avec certitude. Alors, même si le séquençage complet de l'ADN n'est pas terminé, il apporte néanmoins des éléments déterminants, jusque-là inexistants. Dans le cas de Peggy, si les résultats s'étaient révélés négatifs, comme Joao le pressentait, il aurait modifié son testament particulièrement favorable pour elle. Une décision qui aurait bouleversé la situation.

Je comprends où il veut en venir. Mais il faut encore quelques secondes pour que les neurones de Bertin s'animent.

— Et bien sûr, il avait informé Peggy de ses intentions, réagit-il enfin.

— Effectivement. C'était peu après la conversation que nous avons eue à Nice. Il tenait à être transparent et honnête vis-à-vis d'elle.

— Quelle a été la réaction de la demoiselle ?

— D'abord surprise, elle a finalement accepté. Un rendez-vous devait avoir lieu dans les prochaines semaines dans un laboratoire pour effectuer les prélèvements nécessaires.

Clovis se tourne vers moi, un éclair de triomphe dans les yeux.

— Nous tenons là un mobile en or massif, n'est-ce pas Lenatnof ? Elle a compris que son héritage ne tenait qu'à un fil et elle l'aura éliminé avant que la vérité éclate.

Le notaire lève les mains devant lui, paumes ouvertes.

— N'allez pas trop vite en besogne, tempère-t-il d'une voix posée. Peggy aura 18 ans en juin prochain. Elle est très jeune. Même si je n'ai pas votre expérience en matière criminelle, je la vois mal abattre deux personnes de sang-froid. Pour commettre un acte pareil, il faut avoir une détermination, un cran qu'elle ne possède pas, selon moi. Quant au mobile, il aurait fallu qu'elle soit au courant des détails du testament, qu'elle ait compris les implications financières exactes, ce qui n'est pas certain.

Carotte n'écoute plus. Il se lève et s'empare de l'enveloppe contenant la copie. À en juger par sa mine réjouie, je suis convaincu que, dans son esprit, l'enquête vient de prendre un tournant décisif. Pour lui, chaque minute passée à discuter est une minute de perdue pour mettre la main sur la coupable qu'il a déjà désignée.

Il tend la main au notaire.

— Désolé, Maître, mais on a du pain sur la planche.

Il se tourne vers moi.

— On s'en va, aboie-t-il.

Après Ric, puis Jeanne Orsini, voilà désormais Peggy Dubois dans sa ligne de mire. Décidément, Bertin reste fidèle à sa réputation : foncer tête baissée, réfléchir ensuite.

23

Le retour au commissariat se fait dans un silence de cathédrale. *Carotte* est plongé dans ses réflexions et fixe le ruban de bitume qui défile sous nos yeux. Je l'imagine déjà bâtir sa stratégie, affûter les questions qu'il posera immanquablement à Peggy Dubois. Dans son esprit, je suis certain que tout s'assemble avec une logique implacable.

Quant à moi, je suis en colère contre Ric. Depuis mon entretien avec Jeanne, je suis persuadé que, comme elle, il ne m'a pas tout dit. Leur attitude à tous les deux me paraît étrange, pleine de sous-entendus, presque suspecte.

Lorsque nous arrivons devant l'hôtel de police, Bertin coupe le moteur, claque la portière et se dirige sans un mot vers l'entrée.

Je le suis à distance, d'un pas lent, perdu dans mes réflexions.

— Et si je faisais un saut chez Ric, histoire de mettre les choses au clair ? murmuré-je.

C'est alors que j'aperçois Jacky Léoni. Dissimulé derrière un platane, il me fait signe d'approcher. Loin devant, Bertin, absorbé par ses pensées, franchit les portes sans se retourner.

Sans hésiter, je rejoins le journaliste. Je me dis que sa présence ici n'est pas un hasard, qu'il a quelque chose à me dire.

— Vous m'attendiez ? demandé-je sans préambule.

— En effet. On ne peut rien vous cacher.

Léoni regarde autour de lui et ne semble pas serein.

— Et si on allait dans ce bistrot, un peu plus loin sur le cours Fauriel ? On y sera plus tranquille pour parler.

Tout à coup, je repense aux propos de *Carotte* : « *Lui et ses copains pourrissent tout… Ils tordent les faits pour vendre leur torchon…* »

Et si, pour une fois, il avait raison ? Après tout, je ne connais pas ce type. Je décide quand même de le suivre, tout en me promettant de me montrer prudent.

Nous rejoignons le bar où nous étions ce matin, Éric et moi. À cette heure de la journée, il n'y a quasiment personne. Assise dans un coin, une femme lit le journal en sirotant un thé. Accoudés au zinc, deux hommes discutent vivement, un verre de vin blanc à la main. En passant près d'eux, j'entends leur conversation :

— Cette année, Hinault va remporter son 6ème Tour de France.

— T'es fou ! Il est trop vieux. C'est Greg Lemond qui va gagner.

Léoni choisit un endroit à l'écart, dans le fond de la salle.

— Café ? me demande-t-il.

— Oui, volontiers. Merci.

D'un geste de la main, il fait signe au barman. Dès que nous sommes servis, il se penche vers moi.

— Alors, vous êtes au courant ? dit-il en glissant un sucre dans sa tasse.

— Je ne vois pas de quoi vous parlez. Je suis censé savoir quoi ? répliqué-je sur mes gardes.

— Que Peggy Dubois est la fille de Joao Machado.

Devant mon air étonné, il poursuit :

— Malgré mon jeune âge, je me suis constitué un carnet d'adresses déjà conséquent. J'ai mes entrées un peu partout, que ce soit au palais de justice auprès d'avocats, de greffiers bavards et même de quelques magistrats. Bien sûr, je connais deux ou trois types dans le milieu toujours prêts à me rencarder en échange d'un billet ou d'une info. Et j'ai même des contacts au sein de la police, ajoute-t-il avec un clin d'œil appuyé.

Il m'observe étrangement avant d'éclater d'un rire franc.

— Je plaisante bien sûr ! Mais j'espère que ça arrivera un jour.

— Comment savez-vous que Peggy Dubois est sa fille ?

Il pose une main sur son cœur dans un geste théâtral.

— Un journaliste ne trahit jamais ses sources, inspecteur. C'est la règle de base, la seule qui permette de durer dans ce métier. Sans ça, plus personne ne vous confie quoi que ce soit.

De nouveau, il rigole.

— J'arrête de faire le pitre. Revenons plutôt aux choses sérieuses. Concernant Peggy, je suis au courant grâce à ma tante, Madeleine.

Je comprends aussitôt.

— La secrétaire de Maître Rochebaron ! m'exclamé-je.

— Non, celle de Maître Cagnard qui a accueilli son confrère niçois à l'étude. Il y a quelques jours, quand elle m'a confié que le notaire de ce célèbre peintre ferait le déplacement pour la succession, j'ai tendu l'oreille. J'ai posé quelques questions, l'air de rien. Et comme elle est bavarde…

Je fronce les sourcils. La réaction de Léoni est immédiate, son sourire disparaît subitement.

— Vous n'allez pas faire des histoires et causer du tracas à ma tante, inspecteur ?

— Je ne sais pas trop. Ce qu'elle a fait, c'est une violation de la confidentialité professionnelle. En tant qu'officier de police, j'ai l'obligation de…

L'air grave, je laisse volontairement ma phrase en suspens. Je reste ainsi quelques instants, le temps de voir son visage pâlir et l'inquiétude le gagner. Incapable de garder mon sérieux plus longtemps face à sa mine déconfite, je me fends d'un large sourire.

— Je vous fais marcher, Léoni ! Chacun son tour. Votre tante ne craint rien. Mais la prochaine fois, dites-lui d'être plus discrète. Certains de mes collègues n'ont pas ma largesse d'esprit.

Son soulagement est immédiat.

— Touché, inspecteur ! Vous m'avez flanqué une de ces trouilles. Je vous ai sous-estimé. Bien joué, vraiment.

J'ai le sentiment qu'un courant de sympathie et de respect mutuel est né de cet échange spontané. Je me dis, qu'à l'avenir, ce lien pourrait se révéler précieux.

— Vous avez autre chose à m'annoncer ? demandé-je.

Le journaliste sourit imperceptiblement.

— Si vous êtes resté à m'attendre devant le commissariat, dis-je, c'est que vous avez des révélations à me faire, n'est-ce pas ?

— En effet, c'est le cas.

En quelques phrases concises, Jacky me résume ce qu'il sait sur Peggy, la désormais riche héritière : à l'adolescence, elle a eu des démêlés avec la justice et a été arrêtée à plusieurs reprises pour possession de cannabis. Quant à sa mère, Laetitia Dubois, elle est morte il y a quelques années déjà. Une leucémie.

— Merci pour ces informations, dis-je, reconnaissant.

— Mais ce n'est pas tout. Il y a un autre élément qui mérite d'être creusé. Mais ce n'est que mon avis, précise-t-il.

Aussitôt, il m'explique qu'à la naissance de Peggy, sa mère était en couple avec un certain Franck Lebrac, un voyou plusieurs fois incarcéré pour escroqueries, vols et autres délits. Un individu violent, au passé trouble, qui pourrait avoir joué un rôle déterminant dans la vie de Peggy.

— Et s'il était le véritable père de Peggy ? lance-t-il soudain.

Sa question me prend au dépourvu. Sa vivacité d'esprit aussi.

— Une discussion avec Lebrac s'impose, ajoute-t-il.

— Après ce que vous venez de me dire, j'en suis convaincu.

L'idée que cet homme puisse être un acteur clé dans cette affaire commence à prendre forme dans mon esprit.

— Vous pensez que la môme savait que Machado n'était pas son père biologique ? Qu'elle aurait pu le tuer pour empêcher la vérité d'éclater sur sa filiation ? me demande Léoni.

Je réfléchis, pesant le pour et le contre. Peggy avait-elle le profil, le caractère, la détermination pour commettre un tel acte ?

— Elle, peut-être pas, mais Franck Lebrac, c'est une autre histoire. Compte tenu de son passé de délinquant, il a pu franchir un cap et commettre ce double meurtre. Si Peggy est réellement sa fille, si la fortune de Machado est sa seule chance d'échapper à sa misérable existence, il a pu décider de faire ce qu'il fallait afin qu'elle conserve son statut d'héritière pour garantir son avenir, mais aussi pour assurer le sien.

— Ça se tient, c'est indéniable, dit Léoni en acquiesçant lentement. Un type sans scrupule, prêt à tout, même à tuer. Un suspect idéal en somme.

Une petite voix intérieure me met en garde, me rappelant les erreurs que j'ai commises lors de mes débuts dans le métier.

— Avoir le profil et un mobile ne fait pas automatiquement de Lebrac le coupable. Je vais tâcher de le localiser au plus vite pour l'entendre et savoir précisément où il se trouvait la nuit des meurtres.

Je me lève de mon siège et fouille mes poches à la recherche de pièces pour régler la note.

— Laissez, inspecteur. C'est pour moi, insiste Léoni.

Nous nous séparons devant le bar. Je lui serre la main. Nos regards se croisent brièvement. Sans un mot, je devine qu'il espère des réponses.

— Je vous tiendrai au courant, promis. Je vous dois bien ça.

Il ne dit rien, mais un éclair brille tout à coup dans ses yeux.

De retour au commissariat, l'esprit occupé par les révélations de Léoni sur Peggy Dubois et Franck Lebrac, je saisis le combiné du téléphone et compose le numéro d'Éric.

La sonnerie retentit dans le vide. Il n'est toujours pas chez lui. Je raccroche sèchement. L'impossibilité de le joindre, de le forcer à me parler, m'agace. Je suis sûr qu'il ne m'a pas tout dit lorsque je suis allé à son appartement. Son attitude me laisse un goût amer, je ne sais plus si c'est de la méfiance ou de la colère, mais ça me ronge.

— Il ne perd rien pour attendre, chuchoté-je.

Sans plus attendre, je descends les escaliers jusqu'au troisième sous-sol où sont entreposées les archives. Je n'aime pas cet endroit. Ça sent mauvais : une odeur d'encre et de papier moisi.

J'actionne l'interrupteur. Les néons crépitent et s'allument tour à tour, révélant l'immensité des lieux. Des années d'affaires traitées par le commissariat du 99 bis cours Fauriel.

Serrées les unes contre les autres et hautes jusqu'au plafond, des rangées d'armoires grises m'entourent. Elles se déplacent sur des rails et se manœuvrent à l'aide de volants.

Je m'avance et lève la tête jusqu'à repérer la lettre L.

J'actionne le mécanisme. Un tour, puis un autre. Un grincement lugubre résonne dans le silence de la pièce. Un espace s'ouvre entre deux rayonnages, je m'y glisse en lisant les étiquettes. *Laborde... Lachaud... Leblanc...* Je m'arrête. *Lebrac*.

Je regroupe les chemises cartonnées fatiguées et les vieux rapports aux pages jaunies : tout ce que le commissariat possède et a accumulé sur Franck Lebrac. Puis je regagne mon bureau.

Le dossier est volumineux mais je suis persuadé qu'il renferme des informations essentielles.

Cela fait des heures que j'épluche les procès-verbaux, que je croise les dates. Au fil de mes lectures, j'ai sous les yeux le pedigree complet de cet homme : une suite de délits sans fin, de violences et de séjours en prison de plus en plus longs.

— C'est pas un casier mais un CV ! m'exclamé-je.

Les rapports rédigés par les psychologues pénitentiaires qui ont suivi Franck Lebrac au fil des années se recoupent tous, sans exception. Ils décrivent le même individu : imprévisible, dominé par des accès de colère mal contenus. Un homme miné par une frustration constante, convaincu d'être la victime d'un système qui l'aurait broyé.

Je feuillette cette montagne de dossiers jaunis jusqu'à tomber sur un document qui capte aussitôt mon attention. Il s'agit d'une injonction d'éloignement prononcée contre Lebrac au bénéfice de Laetitia Dubois, la mère de Peggy. Le motif : des menaces explicites adressées non seulement à la mère, mais aussi à sa fille.

Des faits suffisamment sérieux pour déclencher l'intervention de la justice et imposer une mesure de protection. On ne parle plus d'un homme au caractère instable et colérique. On a affaire à quelqu'un dont la violence est une réalité clairement établie.

Je relis la fiche signalétique. Franck Lebrac. 45 ans. Dernière adresse connue : un foyer d'insertion dans le quartier de Montplaisir à Saint-Étienne. Dernier emploi : manutentionnaire.

C'était il y a trois ans. Depuis, plus rien.

Sans tirer de conclusions hâtives, le possible mobile se dessine dans mon esprit : Peggy est sa fille biologique et il le sait. Il sait aussi que Laetitia Dubois, la femme avec qui il vivait, avait une liaison avec Joao Machado, un peintre qui gagnait beaucoup d'argent. Quand elle est tombée enceinte, il l'a contrainte, ou alors elle était consentante, à faire pression sur son amant pour qu'il reconnaisse l'enfant comme étant le sien. Une forme d'assurance vie en devenir.

Franck Lebrac sait que sa fille héritera un jour d'une immense fortune capable, par ricochet, de le sortir lui aussi de la misère. Mais il apprend, sans doute par elle, que Machado menace de tout faire capoter avec son idée de procéder à un test génétique pour lever ses doutes sur sa paternité.

Le scénario s'écrit alors de lui-même, implacable, presque logique. En tuant le peintre, il élimine l'obstacle. C'est brutal et efficace, comme dans ses précédents coups. Sauf que cette fois, l'enjeu n'est pas un téléviseur ou une voiture. C'est pour un avenir meilleur. Un avenir en or pour sa fille, mais aussi pour lui.

Je dois retrouver Franck Lebrac et le faire parler.

Je me lève d'un bond, le fauteuil ripe sur le sol.

Soudain, je pense à Bertin. Dois-je l'informer de cette nouvelle piste ? Si je lui dis que les informations proviennent de Jacky Léoni, le journaliste qu'il déteste, il va hurler. Pire, il va tout rejeter, par orgueil et par mépris.

Pour l'instant, je n'ai qu'une intuition, rien de concret. Si j'apprends quelque chose de solide sur Lebrac, un témoignage, un indice matériel, il sera alors largement temps de tout lui dire.

Les faits parleront d'eux-mêmes. En attendant, mieux vaut avancer en silence, dans son dos si nécessaire. L'enquête l'emporte sur l'ego de *Carotte*.

Sur un bout de papier, je note l'adresse du foyer d'insertion, le dernier endroit connu où il a vécu. C'est un point de départ, il y a peu de chances qu'il y soit encore, mais c'est tout ce que j'ai.

Par réflexe, je regarde ma montre : 19 heures 47.

— Ah mince ! lâché-je. C'est fermé à cette heure-ci.

Intérieurement, j'enrage. Aucun espoir de trouver un éducateur ou un responsable pour me renseigner.

— Ma visite sera pour demain, marmonné-je, déçu, en quittant mon bureau pour rentrer chez moi.

24

Épuisé par cette journée harassante, je reste les mains sur le volant de ma voiture. Le moteur tourne au ralenti. Le parking est vide ou presque. Hormis les collègues de permanence, les autres sont rentrés chez eux. Le haut-parleur crachote *Born in the USA*, le dernier tube de Bruce Springsteen. Sa voix rocailleuse résonne dans l'habitacle.

Aussitôt, je repense à l'été dernier. Le 25 juin 1985, une date gravée dans ma mémoire. Le jour où la star américaine a donné un concert au stade Geoffroy-Guichard devant vingt-cinq-mille personnes.

Ric et moi, nous y étions. Deux potes unis par l'amitié et le même goût pour la musique qui vous prend aux tripes. Pour rien au monde nous n'aurions raté cet événement. Je revois nos sourires béats après chaque accord de guitare de celui qu'on surnomme : *The Boss*.

La chanson se termine dans un roulement de batterie. Je coupe le poste, puis j'enclenche la première. Je vais passer chez Ric. À cette heure, il devrait être rentré.

La circulation est fluide, les rues du centre-ville sont quasi désertes. Quelques minutes plus tard, je toque à sa porte. Pas de réponse.

Je tends l'oreille. Aucun bruit. Je recommence en tapant plus fort.

— Bon Dieu, Ric ! T'es où ? lancé-je.

Ma voix se répercute dans le couloir vide.

— Juste derrière toi, mon vieux.

Cette voix familière vient de l'escalier. Je me retourne. Il est là, sur la dernière marche, un carton de pizza dans les mains.

— Tu tombes à pic. Une quatre fromages. Ça te tente ?

— Carrément. Je n'ai même pas eu le temps de manger un sandwich à midi, répliqué-je d'un air détaché.

En réalité, je n'ai rien avalé de la journée, l'esprit trop accaparé par Peggy Dubois, l'héritière du peintre, mais aussi par Franck Lebrac, qui pourrait bien être la clé pour élucider les meurtres de Joao Machado et de Rosita.

— Entre alors. T'as l'air tendu comme un arc. Ça n'a pas dû être une journée facile.

— En effet, et c'est en grande partie par ta faute, dis-je sèchement.

La porte se referme derrière nous.

À l'intérieur, le parfum de Jeanne Orsini s'est dissipé.

Il pose la boîte en carton sur la table de la cuisine et l'ouvre.

— Assieds-toi et mangeons d'abord. On parlera après.

Il me tend une part. Le fromage coule, doré et appétissant. Dans ses yeux, je décèle une légère tension. Il sait, j'en suis sûr. Il sait pourquoi je suis là.

Le silence n'est troublé que par le bruit mou du fromage que l'on mâche. Ric évite mon regard. Moi, je ne le lâche pas. Au bout d'un moment, n'y tenant plus, je pose le morceau à moitié entamé. Je me penche et j'attrape le paquet d'*American Spirit* qui dépasse de la poche de son blouson accroché à sa chaise et le pose devant lui.

— La perquisition chez Jeanne Orsini n'a rien donné. Par contre, un détail m'a troublé. Je dirais même qu'il m'est resté en travers de la gorge.

— Lequel ? demanda-t-il l'air de rien.

— Il y avait plein de mégots *American Spirit* dans le cendrier. Autant dire que tu es resté un sacré moment. Qu'est-ce que vous vous êtes dit pour…

Je m'interromps.

Dans ses yeux, une petite lumière s'allume un dixième de seconde. Un dixième de trop. J'ai compris.

— Ric, ne me dis pas que vous avez couché ensemble ?

Ses épaules s'affaissent légèrement. Il ne nie pas, il ne peut pas.

— Ben si. J'ai passé la nuit chez elle. Quand tu as sonné chez moi l'autre matin, j'étais rentré depuis une heure à peine. Cette femme m'a attiré comme un aimant attire un bout de ferraille. C'était plus fort que tout. Je suis tombé raide dingue d'elle. Je sais. Je suis un salaud. Je viens juste d'enterrer Rosita que j'aimais plus que tout. Je n'ai aucune excuse à te donner. Aucune.

Son regard est à la fois perdu et intense.

— Je n'avais jamais ressenti un truc pareil. Avec Rosita, c'était beaucoup de tendresse, mais là… c'est un putain de raz-de-marée. Rien que d'y penser, j'ai le cœur qui bat à cent à l'heure. Hier soir, quand je suis allé chez Jeanne… quand elle a ouvert la porte, elle s'est jetée dans mes bras, les yeux brûlants de désir. Elle m'a embrassé avec fougue. J'ai essayé de lutter, de la repousser, mais c'était au-dessus de mes forces. Mes mains se sont mises à courir sur son corps qui tressautait à chacune de mes caresses. On a fait l'amour, comme jamais je ne l'avais fait auparavant. C'était magique. Même si je sais que c'est mal.

Sa voix se brise sur ce dernier mot : la culpabilité et le remords le rongent de l'intérieur. Je sais qu'il est sincère.

— Bon sang de bonsoir, Ric ! Dans quel pétrin tu t'es encore fourré !

Il prend sa tête entre ses mains et la secoue.

— Durant la perquisition, reprend-il, j'étais dans un café à deux pas de chez elle à guetter le moment où vous lèveriez les voiles. Lorsque ça a été le cas, je me suis précipité. Elle était bouleversée, en larmes. Votre arrivée soudaine, la fouille de ses affaires, cette intrusion dans son intimité, ça a été un choc, un vrai traumatisme.

— Et bien sûr, tu l'as consolée. Quelle belle façon de rassurer une suspecte, Ric. Si Bertin l'apprend, tu passeras pour son complice, et elle pour celle qui t'a retourné le cerveau.

Une cigarette aux lèvres, Ric actionne d'un coup de pouce le Zippo. Rien. Comme d'habitude, il frappe le briquet trois fois contre la paume de son autre main, puis une dernière fois avec un geste plus sec. Un rituel immuable. Il réessaie. La flamme embrase le tabac. Son regard se perd alors dans la fumée qui s'élève en volutes blanches.

— J'en ai conscience, Boris. Mais cette femme a quelque chose. Quelque chose que je n'ai jamais connu, que les autres n'ont jamais eu.

— Bla-bla-bla. Avec ses grands airs, elle t'a baratiné, voilà tout. Et toi, gros malin, t'es tombé dans ses filets.

— Après tout, peut-être bien, consent-il.

Nous restons quelques instants silencieux. Ric reprend le premier :

— J'ai appris plein de choses sur Machado.

— Ah bon ? Vas-y, je t'écoute.

— C'était un sale type. Aucun respect pour elle. Il la traitait comme un jouet qu'on sort du placard pour s'amuser. Grossier, vulgaire, méprisant. Elle devait se plier à ses quatre volontés dans la vie... comme au lit. C'est ce qu'elle m'a confié.

— On est très loin du tableau idyllique qu'elle nous avait dépeint, rappelle-toi.

— Je suis bien d'accord.

— Pourquoi rester avec lui ? Par masochisme ? Par faiblesse ?

— Parce que sans lui, elle n'était rien, répond Ric. Avant Machado, elle était invisible, inexistante. Après leur rencontre, tout a basculé. Du jour au lendemain, elle s'est retrouvée propulsée dans un conte de fées, mais un conte de fées malsain.

Ric m'explique que Jeanne Orsini a dormi dans des palaces, navigué sur des yachts aux Bahamas, aux Açores, visité Melbourne, New York, Tokyo. Des destinations qui, pour le commun des mortels, restent des images dans un magazine.

Partout où ils sont allés, Machado a peint des dizaines de toiles de sa maîtresse. Pour l'éternité, elle sera immortalisée dans les galeries du monde entier où des milliers de gens la contempleront.

Par-dessus la table qui nous sépare, Ric m'attrape le bras.

— Après avoir fait l'amour, Jeanne s'est blottie contre moi et m'a murmuré : *« Toi et moi, on n'est rien. On sort du ruisseau seulement si la fortune ou le destin passe par là. On se consume intérieurement d'être ce qu'on n'est pas, d'avoir ce qu'on n'a pas. On est prêt à tout pour réussir, même au pire, pour s'arracher à la noirceur de nos vies. »*

Un frisson me parcourt l'échine.

— Ses paroles sonnent comme une confession.

— C'est ce que je me suis dit, confirme Ric. Cette phrase, c'est la clé. Elle a abattu l'homme qui lui avait tout donné mais qui, en échange, la traitait comme une esclave. Pour brouiller les pistes, elle a exécuté Rosita. Comme elle me l'a dit, elle est prête à tout. L'index sectionné de Machado, c'est elle qui l'a. C'est son sésame pour authentifier les toiles et assurer son avenir.

Ric éteint ce qui reste de sa cigarette dans le cendrier, puis il se lève d'un bond et arpente la pièce.

— Il faut agir avant qu'elle ne devine que j'ai percé à jour son numéro. Avant qu'elle ne fiche le camp avec les toiles signées.

J'essaye de trouver un sens aux paroles de Jeanne.

— Calme-toi, Ric, et réfléchissons. Si elle t'a tout raconté, si elle t'a laissé entrevoir sa vraie nature et ses motivations, ce n'est pas par étourderie. C'est parce qu'elle a besoin de toi. C'est une calculatrice. Mais dans quel but ?

Je réfléchis quelques secondes.

— Te faire passer pour son complice ? tenté-je. Te faire culpabiliser d'avoir couché avec elle pour que tu fermes les yeux ? Ou est-ce qu'elle prépare un coup où tu aurais un rôle à jouer ? Un alibi ? Une manipulation de plus ? Tu es un flic, en congé forcé, mais toujours un flic. Elle pourrait vouloir utiliser ça.

Tout à coup, me reviennent les paroles de Bertin.

— *Carotte* m'a dit qu'elle avait pris un billet d'avion à destination de Cuba, un pays…

— Qui n'extrade pas, je sais, me coupe-t-il. Son plan est en marche. Jeanne veut que je l'aide à partir, à franchir les contrôles, à embarquer les toiles, souffle-t-il d'une voix blanche. Et elle me tient par cette nuit passée ensemble. Par ce que je suis devenu : un flic corrompu et donc manipulable à souhait.

— Et malheureusement, la perquisition n'a rien donné. Elle a dû mettre le doigt de Machado en lieu sûr bien avant qu'on ne déboule chez elle. On n'a que dalle, Ric. Absolument rien.

— Derrière ce visage d'ange, derrière chaque regard supposé sincère, chaque sourire qui me faisait fondre, se cache une meurtrière, lâche-t-il, amer. Et moi, le flic, celui qui prétend savoir décrypter les gens, flairer le mensonge, j'ai rien vu. J'ai tout gobé.

— Ravi que tu le reconnaisses. Tu ne dois plus t'approcher d'elle. Pas de coup de fil, et encore moins retourner la voir. Tu m'entends, Ric ?

Ric acquiesce en silence avant d'ajouter :

— Demain matin, j'irai voir *Carotte* pour tout lui raconter.

— Bonne idée… pour une fois, complété-je.

25

Lorsque le réveil sonne, j'émerge difficilement.

La lumière crue du matin filtre à travers les stores. J'ai la gueule de bois. Non pas d'avoir trop bu, mais de n'avoir pas fermé l'œil de la nuit.

Étendu sur mon lit, j'ai tout passé en revue durant des heures : chaque phrase prononcée par Jeanne Orsini, chaque détail de nos rencontres. J'ai analysé, disséqué, retourné les pièces du puzzle dans tous les sens, cherchant la moindre faille.

Hormis ce billet d'avion pour Cuba et les paroles chargées de sous-entendus qu'elle a soufflées à Ric, je n'ai rien de concret. Rien qui l'incrimine vraiment.

Devant le miroir, tandis que je me rase, un doute m'assaille. N'avons-nous pas été, Ric et moi, un peu vite pour l'accuser de ces crimes ?

Je change de chemise, de cravate et j'enfile mon veston. Fin prêt à affronter cette journée, je quitte mon appartement.

Dans la rue, l'air vif me saisit. Le ciel, d'un gris uniforme, est bas et menaçant. Instinctivement, je relève le col de ma veste.

Je rejoins ma 205 garée le long du trottoir. La carrosserie et le pare-brise sont recouverts d'une fine pellicule de rosée.

Sur le siège passager, en partie dissimulé sous une cassette audio de *Kim Wilde*, j'aperçois le bout de papier sur lequel j'ai griffonné l'adresse du foyer d'insertion de Montplaisir. Le dernier lieu de vie connu de Franck Lebrac, d'après des informations vieilles de trois ans.

Je le saisis pour relire sa fiche signalétique : 1m65, cheveux bruns, cicatrice sur le front, boitillement léger de la jambe droite. Quelques indications sommaires, mais suffisantes pour esquisser une silhouette, un profil.

Me rendre au centre est mon premier objectif de la journée, avant même d'aller au commissariat.

La probabilité que Lebrac y soit encore est infime. Mais si, par chance, il réside toujours là-bas, je veux comprendre quel rôle exact il joue dans la vie de Peggy Dubois.

Est-il vraiment son père ? Un père protecteur prêt à tout pour sa fille ? Ou un prédateur qui a vu en elle une opportunité à saisir, quitte à verser le sang ?

Les archives parlent d'un homme violent. Il faut que je sache si le meurtre doit désormais être ajouté à son répertoire.

— Foyer Clair Matin, rue des Ovides, dis-je en démarrant. C'est parti !

Quelques minutes plus tard, je me gare sur le parking du foyer. Situé sur les hauteurs de Saint-Étienne, le bâtiment disparaît en partie dans la brume qui en masque les contours.

Je coupe le moteur et reste un instant immobile. Le silence est presque total, seulement troublé par le bruit lointain de la circulation. En contrebas, la ville n'apparaît qu'à demi, noyée dans un voile gris. On la devine plus qu'on ne la voit.

Je sors de la voiture.

Devant l'entrée, scellée au mur, une plaque métallique rongée par la rouille. Je parviens toutefois à déchiffrer ce qui est gravé dans le métal : *« Clair Matin »*.

À peine ai-je franchi la porte, qu'une odeur de café et de tabac froid me saisit. Derrière un comptoir écaillé, un homme est assis. Il relève brusquement la tête et me dévisage, visiblement surpris de voir quelqu'un à cette heure.

— Bonjour, lancé-je.

— C'est pour quoi ?

Le ton n'est pas agressif. Pas spécialement aimable non plus. Je sens bien que je dérange.

— Je cherche quelqu'un. Il s'appelle Franck Lebrac. Vous pourriez peut-être m'aider à…

— J'connais pas, me coupe-t-il sur un ton désagréable.

Sans même un regard dans ma direction, il avale bruyamment une gorgée de café.

D'un geste lent et délibéré, je fais glisser ma carte tricolore sur le comptoir jusqu'à ce qu'elle soit dans son champ de vision.

Il sursaute et se lève si brusquement que son gobelet en plastique tangue, manquant de peu de se renverser.

— Le… Lebrac ? parvient-il à articuler, les yeux rivés sur mon nom. C'est bien ça, inspecteur ?

— Tout à fait, confirmé-je sèchement, agacé d'avoir dû être obligé de sortir mon insigne pour obtenir une réponse à une question banale.

L'homme se gratte la tête et paraît soudain mal à l'aise.

— Ben… ça va pas être possible, inspecteur.

— Il n'habite plus ici ?

— C'est pas ça, inspecteur.

— Pitié ! Arrêtez de m'appeler *inspecteur* à tout bout de champ.

— Euh… oui, Monsieur. En fait, Franck est mort.

— Ah, bon ! fais-je surpris. Quand ?

— Hier matin, il s'est pendu.

De toutes les hypothèses qui m'avaient traversé l'esprit le concernant, celle-ci ne m'avait pas effleuré une seule seconde.

— Il était dépressif ? Il avait déjà tenté de mettre fin à ses jours ?

— J'sais pas, Monsieur. J'suis juste le gardien. Pour ça faut voir la directrice, madame Delay. Suzanne Delay. C'est la porte là-bas, dit-il en agitant vigoureusement le bras en direction du couloir, comme pour se débarrasser d'un visiteur encombrant.

Abasourdi par ce que je viens d'entendre, je m'éloigne.

La porte de la directrice est entrouverte. Je frappe deux coups secs.

— Entrez.

Madame Delay est assise derrière un bureau encombré de dossiers. La soixantaine, cheveux gris coupés court, elle porte des lunettes qu'elle abaisse sur son nez pour mieux me voir.

— Inspecteur Lenatnof. Boris Lenatnof.

— Que me vaut l'honneur de votre visite, dit-elle d'une voix posée.

Je présente ma carte. Elle la regarde à peine et fait un geste vague de la main vers la chaise en face d'elle.

— C'est au sujet de Franck, je suppose. Vous avez encore des questions ? demande-t-elle en soupirant.

— Je suis sur une autre affaire le concernant. Le gardien m'a dit qu'il s'était suicidé. Vous pouvez m'en dire plus ?

Durant quelques secondes, elle me scrute avant de se décider :

— Franck a attaché une corde au radiateur sous la fenêtre de sa chambre, puis il s'est jeté dans le vide. C'est ce que m'ont dit les pompiers qui l'ont détaché. Les conclusions de l'enquête de police sont sans équivoque. La porte était verrouillée de l'intérieur, la clé posée sur la table. Aucun désordre. Pas de signe de lutte. Rien n'a été volé. Et Franck n'a laissé aucune lettre pour expliquer son geste.

— Il avait des problèmes ? Des ennuis de santé ?

— Pas que je sache. Franck n'était pas bavard. C'était un résident très discret qui ne cherchait pas à se mêler aux autres. Il était ici depuis des années, il travaillait parfois sur des chantiers, assurait des intérims. Il payait son loyer à l'heure et ne faisait jamais d'histoires. À ma connaissance, il n'avait pas d'antécédent psychiatrique.

Une question me brûle les lèvres.

— Qui a découvert le corps ?

— Jimmy, son voisin de chambre. Ici, certains disent qu'il est simple d'esprit ou attardé. Moi, je pense qu'il est juste différent.

L'esprit d'un enfant dans le corps d'un adulte. Franck était le seul à lui parler, à passer du temps avec lui. Sans risque de me tromper, je peux dire qu'ils étaient amis.

Elle se tait, sans doute pour chercher ses mots.

— C'est lui qui a donné l'alerte. Il était 8 heures du matin. Il fumait sur le parking quand il a vu le corps de Franck. Il s'est mis à hurler comme un dément. Il était si bouleversé qu'il a fallu lui donner un calmant.

Elle parle avec une précision professionnelle. Soudain, je note un voile qui passe dans ses yeux.

— Quelque chose vous tracasse, Madame Delay ?

Elle tord la bouche, hésite un instant, avant de se lancer :

— La police a classé l'affaire. Suicide. Point final. C'est plus simple pour tout le monde.

— Mais encore…

— La veille de sa mort, il a reçu une visite. Il devait être 20 heures ou quelque chose comme ça. J'ai trouvé ça étrange parce que Franck ne recevait jamais personne. Jamais, insiste-t-elle. Je passais dans le couloir quand cet homme a toqué à sa porte. Grand, massif, un chapeau enfoncé sur le crâne. Je n'ai pas vu son visage.

— Vous en avez parlé à la police ?

— Bien entendu. Vos collègues m'ont dit qu'il n'y avait aucun élément permettant de remettre en cause la thèse du suicide, que le visiteur devait être un collègue ou un ami. N'empêche que Franck a mis fin à ces jours peu après. Vous ne trouvez pas ça étrange, inspecteur ?

— En effet, ça pose question. J'aurais besoin de voir sa chambre, Madame Delay. C'est possible ?

Elle acquiesce d'un mouvement du menton.

— La police a levé les scellés. Suivez-moi, je vous prie, dit-elle en ouvrant un tiroir pour s'emparer d'un trousseau de clés.

Nous traversons le hall. Figé derrière son comptoir, le gardien nous observe en silence. Ensuite, nous suivons un couloir étroit. Au bout, l'escalier de service, aux marches usées, pour monter au deuxième étage. L'odeur de tabac froid se mêle ici à celle du désinfectant.

La directrice s'arrête devant la porte numéro 17.

La clé tourne dans la serrure dans un claquement sec. Elle pousse le battant et entre la première. Je la suis.

Je balaye l'endroit des yeux. La pièce est exiguë. Les peintures défraîchies. Un lit défait, les draps en boule. Une table en formica dans un coin, une chaise bancale posée contre. Une armoire étroite au miroir terni. La seule fenêtre, aux vitres poussiéreuses, donne sur le parking.

Je m'approche. À travers la brume matinale qui peine à se lever, je distingue la silhouette familière de ma voiture, en contrebas sur le parking. J'ouvre les battants en grand et je me penche. Juste en dessous de moi, le mur de brique terni, là où les pompiers ont coupé la corde pour détacher le corps sans vie de Lebrac. Une étroite bande d'herbe court le long du bâtiment. J'évalue la distance. Six ou sept mètres. La hauteur standard d'un deuxième étage.

Je reste là un instant, les mains posées sur l'appui de fenêtre.

En me retournant vers l'entrée, je suis attiré par ce qu'il y a au dos de la porte, juste derrière l'endroit où se tient madame Delay. Je discerne des formes, des rectangles aux couleurs passées, qui pourraient être de vieilles cartes postales ou des images découpées dans des magazines.

Afin d'en avoir le cœur net, je contourne la directrice et m'approche.

En fait, ce sont des photos. Des dizaines, épinglées directement sur le panneau de bois brut. Elles tapissent presque toute la surface, du haut jusqu'à la poignée.

Il ne me faut que quelques secondes, le temps de parcourir quelques visages, pour mettre un nom sur la jeune fille qui prend la pose sur chacune d'elles, de l'enfance à l'âge adulte.

Il s'agit de Peggy Dubois.

26

Intrigué par cette mosaïque de photos, je m'avance davantage pour les observer. C'est une frise chronologique, une vie résumée en une trentaine d'images.

Tout en haut, jauni et corné, le cliché d'un bébé emmailloté dans un lange. Sur le bord, une écriture à l'encre bleue délavée : *« Peggy, née le 1er juin 1968 »*.

Juste en dessous, une petite fille en robe à col blanc, un cartable à la main devant une école.

Ensuite, une adolescente, les mains sur les hanches, le visage tourné vers le soleil. Plus loin, un portrait de Peggy Dubois réalisé en studio. Assise sur un tabouret haut, les mains sur ses genoux, elle prend la pose en souriant à l'objectif du photographe. C'est le visage que je connais d'elle pour l'avoir rencontrée chez le notaire.

La conclusion me semble évidente. Ce n'est pas l'œuvre d'un pervers ou d'un collectionneur malade. La chronologie, la répétition du même sourire à travers les années, tout parle d'amour. C'est le tableau dressé par un père. Un père qui n'a pas pu voir sa fille grandir auprès de lui et qui a reconstitué, image après image, le film de cette vie qui lui échappait. Je n'ai plus guère de doute à ce sujet.

Je me retourne vers madame Delay, plantée derrière moi.

— Il s'agit de Peggy Dubois. C'est vraisemblablement la fille de Franck Lebrac. Mais peut-être saviez-vous qu'il avait un enfant ?

Elle secoue la tête avec lenteur, les yeux rivés sur les clichés.

— Non… je l'ignorais, balbutie-t-elle visiblement sous le choc. *« Je suis seul »*, c'est ce qu'il répétait toujours. C'était même écrit dans son dossier : aucun lien familial connu. En vérité, je me rends compte que je ne le connaissais pas. Je n'avais jamais vu ces photos.

Elle comprend que ce puzzle photographique cache une paternité cachée, un drame intime que Lebrac ne souhaitait partager avec personne.

— Vous n'êtes jamais entrée dans cette pièce ? fais-je, étonné.

— Non. Je respecte l'intimité de tous les résidents.

— Pas même le jour de son suicide ?

— Si, bien sûr. Mais la violence de la situation... tout est allé si vite. Les pompiers qui décrochaient son corps suspendu dans le vide. Je n'ai pas prêté attention à ce qu'il y avait ici, et encore moins derrière cette porte.

Je replonge vers cette frise réalisée au fil des années.

Chaque cliché raconte un fragment de vie.

Par décision de justice, Lebrac en a été exclu, comme je l'ai lu dans les documents ressortis des archives. Suite à des menaces proférées contre Laetitia et Peggy Dubois, la loi a dressé une barrière entre lui et sa fille, rendant sa présence auprès d'elle illégale.

Dans cette chambre impersonnelle et sans âme, Lebrac s'est appliqué à reconstruire le parcours de vie, année après année, de celle qui n'a jamais vécu près de lui, ou si peu.

Quelques mots tracés d'une écriture nerveuse et hachée accompagnent certains clichés. Mon regard est attiré par le dernier de la série, le plus récent à n'en pas douter : Peggy, cheveux au vent, rit aux éclats. Enveloppée dans un paréo aux couleurs vives, elle est au bord d'une piscine d'un bleu azur. La scène respire la joie.

Je la détache doucement du panneau. Au dos, une annotation rédigée d'une main plus assurée que celle tourmentée de Lebrac. Elle porte ces mots : « *Très bientôt, je serai enfin avec toi.* »

Dans un coin, le tampon du laboratoire de développement avec une date : janvier 1986.

Un calcul rapide s'impose. Peggy est née en juin 1968… début 1986, elle approchait de ses dix-huit ans.

Je relis ses mots : *« Très bientôt… »*. Qu'a-t-elle voulu dire ? Quand elle serait majeure, émancipée, libre de ses choix ? Libre enfin de rejoindre ce père qui l'attendait dans l'ombre ?

— Il y a quelque chose qui ne va pas, jeune homme ?

La voix de madame Delay me tire brutalement de mes réflexions.

— Euh… non. Je réfléchissais. Pourrais-je m'entretenir avec Jimmy, le voisin de Lebrac ?

Son expression se durcit.

— Vous ne pensez tout de même pas que… Non, Jimmy n'aurait jamais pu faire de mal à Franck. Il l'adorait. Et puis, vos collègues l'ont déjà interrogé.

— Je ne l'accuse de rien, je vous rassure. Je ne peux pas vous en dire davantage, c'est délicat. Mais si je pouvais en savoir plus sur Franck Lebrac, sur son quotidien ici, ses habitudes, sa façon de se comporter, cela me permettrait de mieux le cerner et peut-être de faire avancer mon enquête, vous comprenez ?

— Je vois. Suivez-moi. Mais je vous préviens, il est fragile. Il va falloir vous montrer patient et lui parler avec douceur.

Elle referme soigneusement la porte de la chambre 17.

Nous redescendons au rez-de-chaussée. Elle me guide à travers un dédale de couloirs. Nous passons devant le réfectoire avant d'arriver dans la bibliothèque. Des étagères chargées de livres, des lumières discrètes.

— Près de la fenêtre, c'est Jimmy, dit-elle en le désignant d'un léger mouvement du menton. Il passe ses journées ici, et le soir, il est scotché devant la télé. Depuis le lancement récent de *La Cinq*, il enchaîne les séries policières, *l'inspecteur Derrick* est sa préférée.

Je l'observe discrètement. Fort comme un bœuf, il doit avoir la trentaine. Sa tête et son cou ne semblent faire qu'un. Son visage joufflu est encadré par une chevelure raide qui tombe en une frange rectiligne au-dessus de ses sourcils. Affalé dans un large fauteuil, il porte un sweat-shirt aux couleurs délavées sur lequel on devine le logo de *Radio TNT*, une station de la bande FM locale.

— Je vous accompagne. Il se méfie des inconnus. L'autre jour, les policiers l'ont malmené avec leurs questions. Ils n'ont rien pu obtenir de lui, hormis des sanglots. Ne parlez pas tout de suite, laissez-moi faire. Si vous voulez avoir une chance d'apprendre quelque chose, c'est la seule manière.

D'un pas assuré, elle s'approche de Jimmy qui lit une revue pour les enfants : *Le Journal de Mickey.* À chaque page qu'il tourne, il rit de bon cœur en découvrant les nouvelles images.

— Bonjour Jimmy, lance-t-elle gaiement sans familiarité excessive.

Il lève les yeux vers elle. Son visage se fend d'un sourire dénué de toute méfiance.

— Bonjour, M'ame Suzanne. Va faire beau aujourd'hui, hein ?

— J'espère bien, mon grand. Si je suis là, c'est pour te présenter un ami de Franck, dit-elle en s'écartant afin qu'il me voie.

Il fronce les sourcils et me scrute avec une intensité surprenante.

— Il s'appelle Boris, poursuit-elle calmement. Il voudrait discuter un moment avec toi, que tu lui dises combien vous étiez amis, toi et Franck. C'est important pour lui, tu comprends ?

Jimmy acquiesce. Son regard, d'une douceur presque enfantine, ne me quitte toujours pas.

— Voui, M'ame Suzanne.

— Je peux compter sur toi alors ?

— Voui, M'ame Suzanne, répète-t-il en replongeant le nez dans sa bande dessinée.

— Je vous laisse, dit-elle en se tournant vers moi.

À voix basse, elle ajoute :

— Parlez lentement et sans le brusquer sous peine qu'il ne dise plus un mot. Ne le fixez pas et tout se passera bien.

La directrice s'éloigne d'un pas feutré.

— Je peux m'asseoir à côté de toi, Jimmy ? fais-je en m'approchant.

Pas de réponse. Je remarque que ses doigts serrent plus fort le papier et qu'il ne tourne plus les pages.

Je tire un siège pour m'asseoir. Mais pas trop près de lui. J'ignore quelles peuvent être ses réactions.

— Tu sais, Jimmy, Franck et moi, on se connaissait depuis un bail.

Il lève la tête. Dans ses yeux, il n'y a ni hostilité ni chaleur non plus.

— Je dirais même une éternité, ajouté-je en me forçant à sourire. On s'est rencontrés à l'époque où on trimballait des cartons dans la même boîte de manutention. Depuis, on est restés en contact. Il t'a forcément parlé de moi, n'est-ce pas ? Je m'appelle…

— Boris, je sais. M'ame Suzanne l'a dit. J'suis pas idiot, répond-il sur un ton sec mais sans agressivité.

Je me dis que ça ne va pas être facile de l'amadouer. La flatterie ou la fausse familiarité ne passent pas. Je tente une autre approche.

— Écoute… je ne t'ai pas tout dit. Je suis le parrain de Peggy. La fille de Franck.

L'effet est immédiat. Une lueur d'intérêt traverse son regard. Il pose son magazine sur ses genoux.

— Une chouette gamine. Elle passait parfois voir son père…

Il s'interrompt, tourne la tête à droite, à gauche, puis se penche vers moi et murmure :

— Mais en cachette, vous comprenez. Toujours en cachette. Parce qu'il avait pas le droit, Franck. Pas le droit de la voir, ni même de lui parler au téléphone. C'est ce qu'il m'avait dit. Une histoire avec un juge… des papiers, tout ça. J'ai pas tout compris.

Il secoue la tête avant d'ajouter, encore plus bas, comme s'il partageait un secret d'une importance capitale :

— Il disait que c'était le chagrin de sa vie. Que c'était pour ça qu'il gardait toutes ses photos. Comme ça, il pouvait la regarder grandir quand même. Mais depuis quelque temps, Franck... eh ben, il avait peur. Il me l'a dit. Dans la rue, quelqu'un le suivait, il en était sûr. Je pense que c'est pour ça qu'il avait un flingue.

La stupeur m'envahit.

— Franck avait une arme ? Ici, au foyer ? dis-je en me retenant de crier. T'en es certain ?

— Voui. Puisque je vous le dis !

J'ai la langue levée pour le bombarder de questions, mais je me retiens en songeant aux paroles de Suzanne Delay : *« sans le brusquer sous peine qu'il ne dise plus un mot. »*

Jimmy retourne à sa BD. J'ai bien peur que notre conversation soit terminée. Mais soudain, il reprend :

— Si je te dis un truc, Boris, tu le répéteras à personne ? À personne, hein ? Surtout pas aux flics ?

Il vient de me tutoyer. Serait-il moins méfiant ?

— Tu as ma parole, Jimmy, fais-je la main sur le cœur dans un geste un peu théâtral.

Durant un instant, il me sonde, puis il se penche vers moi :

— Franck, il s'est pas suicidé, dit-il sur le ton de la confidence. Il aimait trop Peggy pour faire un truc aussi débile. Et puis y m'avait dit... y m'avait dit qu'un jour tout s'arrangerait. Qu'il serait riche et qu'il partirait à l'autre bout du monde avec elle. Pour de vrai.

Son regard s'assombrit brusquement.

— Je suis sûr, Boris. Sûr et certain. C'est ce type qui a fait le coup. Celui qui suivait Franck. Il est venu au foyer et a tué mon ami en faisant croire à un suicide.

Son visage affiche une certitude absolue.

Il ne me lâche pas des yeux. Des petits yeux ronds très expressifs qui me mettent un rien mal à l'aise.

Je n'ose pas le contredire, même si c'est impossible puisque la porte de la chambre de Lebrac était verrouillée de l'intérieur, la clé posée sur la table. Les conclusions de la police sont sans équivoque, comme me l'a dit la directrice.

Alors, à moins que l'assassin présumé ne soit un digne descendant du magicien Houdini, capable de traverser les murs, son histoire ne tient pas la route.

Au pire... admettons. Mais vu ses antécédents violents, Lebrac ne se serait pas laissé faire, il se serait défendu. Une lutte aurait éclaté et laissé des traces. Un meuble déplacé, un objet brisé, que sais-je ? Or, la police n'a relevé aucun désordre, aucun signe de violence autre que celle qu'il s'est auto-infligée.

Jimmy refuse la vérité parce qu'elle est insupportable pour lui. L'idée que son ami ait fait le choix de l'abandonner est trop douloureuse. Alors il construit un autre récit, un récit où son ami est une victime.

Tout à coup, il m'attrape le bras et le serre fermement.

— Ce que je vais te dire, c'est un secret, Boris. Si ce type se pointe au centre, je te jure qu'il va savoir comment je m'appelle.

Il plonge sa main libre dans la poche de son sweat-shirt pour en sortir un objet sombre qu'il garde dissimulé contre son flanc, hors de la vue de quiconque dans la pièce, mais aussi de la mienne. Puis il le tourne juste assez pour que je puisse le voir.

Mon sang se fige. C'est un Luger P08.

Mon esprit s'emballe.

Le même modèle que celui de Ric. Je revois son air penaud en m'avouant qu'il l'avait vendu à un brocanteur pour éponger ses dettes. Et si cette arme était la sienne ?

Un Luger, ce n'est pas un pistolet banal : c'est une pièce rare, un objet de collection. Le genre qui ne réapparaît pas par hasard au détour d'une enquête. Alors pourquoi maintenant ? Et ce brocanteur, qui était-ce au juste ? Je tente de me convaincre qu'il s'agit d'une simple coïncidence... ou alors le signe évident que quelque chose m'échappe.

Tout en serrant la crosse, Jimmy m'adresse un clin d'œil appuyé.

— Cette arme, c'était celle de Franck, n'est-ce pas ? dis-je.

Il acquiesce en silence.

— Mais alors, comment se fait-il que ce soit toi qui l'aies à présent ?

Il hausse les épaules, comme si la réponse était évidente.

— J'étais sur le parking ce matin-là. Je fumais ma clope. M'ame Suzanne, elle veut pas qu'on fume dans les chambres, ça sent mauvais et on peut mettre le feu, tu comprends ?

Je hoche la tête en signe d'approbation, mais aussi pour l'inciter à continuer.

— Et c'est là que je l'ai vu. Mon ami, Franck.

Il étouffe un sanglot.

— Il pendait... il pendait par la fenêtre, au bout d'une corde.

Sa voix se brise. Même si j'ai envie de connaître la suite, j'attends patiemment qu'il se décide.

— Je me suis précipité, reprend-il. Dans l'herbe, juste en dessous de lui, j'ai vu le flingue. Il brillait dans la rosée. Je me suis dit qu'il avait dû tomber de sa poche quand ce type l'a balancé par la fenêtre. Alors je l'ai ramassé pour le planquer sous mes fringues.

Du revers de sa manche, il essuie une larme.

— Ce pistolet, c'était le secret de Franck. Il aurait pas voulu que ça se sache, j'en suis sûr. Aussi, je l'ai gardé.

Il marque une pause, l'expression de son visage devient dure, presque menaçante.

— Et puis si le gars qui lui était après revient rôder dans le coin, y sera bien reçu, dit-il en serrant les dents. Après, j'ai crié de toutes mes forces et tout le monde a rappliqué.

Le silence retombe. Puis Jimmy tourne vers moi ses yeux d'une intensité déconcertante.

— Dis... toi, tu l'aimais bien, Franck ?

— Bien sûr, Jimmy, dis-je d'un air sincère. C'était un chic type.

— Oh voui, approuva-t-il avec ferveur. Un gars super sympa.

Je garde les yeux rivés sur le Luger qu'il dissimule à demi contre son torse. Peut-être est-il chargé ? Le lui laisser est inconcevable. Un geste maladroit, et il pourrait se blesser ou blesser quelqu'un, pire encore, ôter une vie. Il est de ma responsabilité de le récupérer. Mais pas par la force, car je ne fais assurément pas le poids. Si je n'y parviens pas, je ferai intervenir les collègues.

— Dis-moi Jimmy, tu me le prêterais le pistolet ? Juste pour le montrer à un spécialiste. Pour voir s'il peut nous apprendre quelque chose sur la mort de notre ami Franck.

Je lance cette proposition sur le ton le plus neutre possible.

Son regard plonge dans le mien et les secondes s'étirent. J'imagine la bataille qui se joue dans sa tête : la méfiance envers un quasi-inconnu, mais aussi le besoin d'avoir un allié.

— Voui, bien sûr, finit-il par dire d'une voix résolue, presque solennelle. Si Franck était ton ami, alors t'es mon ami à moi aussi.

Délicatement, comme pour confier un objet précieux ou fragile, il détache ses doigts potelés de la crosse et dépose le Luger dans mes mains.

— Merci Jimmy, dis-je en le glissant dans ma veste. Ce sera notre secret à tous les deux. Personne d'autre n'en saura rien.

Un éclair fugace, mais intense, de complicité parcourt ses yeux. Une confiance absolue offerte à l'ami de son ami.

— À présent, faut que je te laisse. Je dois vérifier quelque chose avec ce que tu m'as donné.

En affichant un air entendu, je fais un mouvement du menton vers ma poche où la forme de l'arme est bien visible.

Jimmy lève le pouce avant de se replonger dans le *Journal de Mickey.*

Je quitte la bibliothèque en me disant que j'ai désarmé une bombe à retardement.

Lorsque je repasse devant le bureau de Suzanne Delay, sa porte est fermée. Inutile que je l'alarme pour rien. De toute façon, Jimmy ne trahira pas notre secret.

À l'accueil, le gardien n'est plus à son poste. Le comptoir est désert. Seul son gobelet de café à moitié plein repose là, une fine vapeur s'en échappant, comme s'il venait tout juste de s'éclipser.

Je me dirige vers ma voiture.

À travers le tissu, je sens les contours du canon. J'ai hâte de savoir si les balles qui ont tué Rosita et le peintre ont été tirées par ce Luger. Si c'est effectivement le cas, les cartes de cette enquête seront rebattues. Une nouvelle fois.

Soudain, j'entends crier mon prénom.

— Boris !

Je lève la tête vers le deuxième étage d'où provient cette voix.

C'est Jimmy. Il a abandonné sa bande dessinée et rejoint sa chambre. Par la fenêtre grande ouverte, il se penche dans le vide et agite les mains au-dessus de sa tête.

L'inquiétude me gagne. Et s'il avait changé d'avis ? Et s'il voulait reprendre le pistolet ?

Mais l'expression de son visage est sereine, dépourvue d'anxiété. Il sourit même de toutes ses dents.

Je lève le bras pour lui signifier que je l'ai vu.

Cet entretien avait quelque chose de singulier et de touchant.

Là où mes collègues n'ont rencontré qu'un mur avec leurs questions abruptes, la méthode préconisée par la directrice était la bonne : un fond d'empathie, une écoute qui ne cherchait pas à piéger mais à comprendre, et... admettons-le, une certaine flexibilité avec les faits bruts. C'est ce mélange qui m'a permis d'obtenir des informations précieuses.

Je rejoins ma Peugeot 205, m'installe derrière le volant et démarre. J'enclenche la première. Il est temps de savoir ce que cette arme peut raconter.

Direction le laboratoire de la police scientifique.

27

De retour au commissariat, je me dirige vers l'extrémité du bâtiment. C'est là que se trouvent les bureaux et le laboratoire de la police scientifique, un univers de microscopes, de bains chimiques et de calepins couverts de notes méticuleuses.

Je pousse la porte. L'air est saturé d'odeurs tenaces d'acide et de poudre.

— Salut Roger. J'ai quelque chose pour toi.

Penché sur une loupe binoculaire, un mégot éteint coincé au coin des lèvres, il relève la tête, les yeux plissés derrière des lunettes aux verres épais.

— Boris, toi alors ! Je ne t'ai pas vu ici depuis l'affaire du boucher de la rue Tarentaise. Qu'est-ce que tu m'apportes ?

Je sors le Luger et le pose délicatement sur le comptoir.

— Tu pourrais vérifier s'il est en état de marche et, surtout, voir si c'est avec ce flingue qu'ont été tirées les balles qui ont tué Rosita Fauvel et Joao Machado.

Roger siffle entre ses dents en le prenant dans ses mains protégées par des gants de coton. Il l'examine attentivement avec une loupe.

— Un P08. Belle pièce. Pas courant par ici. Pour ce qui est des empreintes, n'attend pas de miracle, dit-il en tordant la bouche d'un air qui en dit long. À en juger par les traces fraîches, il y a des empreintes dessus. Évidemment, tu l'as manipulé sans gants.

— Oui, désolé. Mais c'était compliqué de faire autrement, dis-je sans rentrer dans les détails. La priorité, c'est la comparaison balistique et une analyse des résidus de tir, si jamais il a servi récemment.

— Je vais réaliser une empreinte du canon pour examiner les stries laissées sur les balles. Pour les résidus, c'est moins fiable si l'arme a été nettoyée, mais on verra. Bien sûr, je vérifierai les numéros de série pour voir s'il n'a pas déjà un passé.

Il la dépose délicatement sur un plateau et inscrit quelques mots sur une fiche cartonnée.

— Quand penses-tu avoir les résultats ?

— Pour la comparaison avec les balles de l'affaire Fauvel-Machado, je fais ça tout de suite. Résultats d'ici une heure max. Pour le reste, les recherches d'archives, ça peut prendre plusieurs jours. Je t'appelle dès que j'ai quelque chose de concret.

— Parfait. Merci Roger.

Je quitte le laboratoire, laissant le Luger entre les mains expertes de la science, et je m'engage dans un long couloir, puis un second plus étroit et plus sombre.

En rejoignant les locaux du commissariat, je me demande si Ric a raconté à Bertin sa version de l'histoire avec Jeanne Orsini.

Lorsque je débouche dans le hall d'accueil, mon regard balaie rapidement l'espace. Aucune trace de lui. Il est peut-être déjà parti ou encore avec *Carotte.*

Je m'avance vers son bureau, décidé à toquer à sa porte pour en avoir le cœur net. Mais alors que je lève la main, elle s'ouvre brusquement.

Ric sort de la pièce, la mine contrariée, les sourcils rapprochés.

— Que se passe-t-il ?

Il referme derrière lui et fait quelques pas pour s'éloigner.

— J'ai joué cartes sur table avec *Carotte*, je n'ai rien caché. Je lui ai avoué que j'avais couché avec Jeanne Orsini et je lui ai aussi rapporté ce qu'elle m'a confié, comme quoi, elle et moi, on était prêts à tout pour réussir. Je lui ai même cité ses paroles. Quand j'ai terminé, il a ricané avant de me dire que si je cherchais à l'enfoncer, c'était pour me dédouaner et que ça cachait forcément autre chose. Il m'a annoncé que j'étais définitivement mis sur la touche, qu'il conservait mon arme de service, que mon rôle dans cette affaire restait ambigu. Avec son putain de rictus, il a exigé que je rende mon badge. Interdiction formelle de quitter la ville et, bien évidemment, défense absolue d'entrer en contact avec toi.

Sa décision ne me surprend pas plus que ça. Même si Ric est mon ami, il a dépassé les bornes, j'en ai conscience. À la place de Bertin, j'aurais agi de la même façon.

— Je rentre chez moi, dit-il, dépité, en me passant devant.

Il se retourne, puis me glisse à voix basse.

— Tiens-moi au courant, Boris.

— Bien sûr, dis-je en lui tapant sur l'épaule dans un geste amical.

Tête basse, il s'éloigne. Sur son passage, les regards des collègues se tournent vers lui. Le cliquetis des machines à écrire s'arrête, les conversations cessent. Pendant quelques secondes, le temps semble suspendu. Lorsque Ric franchit les portes du commissariat, tout revient à la normale, chacun retourne à ses dossiers, comme si rien ne s'était passé.

— Lenatnof ! Dans mon bureau !

Cette voix qui claque derrière moi, je la reconnais sans risque de me tromper. En soupirant, j'obéis.

— Ferme la porte ! rugit *Carotte* sans lever le nez des papiers étalés devant lui.

Je m'exécute, puis je lâche, incapable de me retenir :

— T'étais obligé d'infliger ça à Ric ? C'est un collègue, bordel ! Des années de service, pas le moindre accroc ou entorse aux procédures.

Il ne répond pas tout de suite et feuillette un dossier. Il prend son temps, comme s'il cherchait à me rappeler qui commande ici. Puis il relève lentement le menton.

— T'étais où ce matin ?

J'hésite une fraction de seconde.

— Hier, en revenant au commissariat, j'ai discuté avec Jacky Léoni. Le journaliste, tu vois...

Aussitôt, il m'interrompt, la mâchoire crispée.

— Je t'ai dit que je ne voulais rien avoir affaire avec ce…

Je le coupe à mon tour.

— Grâce à lui, je tiens quelque chose de concret. Vraiment.

Je l'entends grogner tout bas. Un instant, je crois qu'il va m'envoyer balader. Mais il se ravise et se cale dans son fauteuil.

— Quoi donc ? Un colportage de plus ? Un ragot à la noix ?

Je ne réponds pas à sa provocation et continue d'une voix que je m'efforce de garder calme :

— Je viens de remettre à la scientifique un Luger P08. Je continue ou je retourne à mes dossiers ?

— Un Luger, tu dis ?

Aussitôt, une lueur passe dans ses yeux.

— Je t'écoute.

Je ne me fais pas prier. Je lui explique que tout a commencé par un nom : Franck Lebrac. Un tuyau que Léoni m'a donné.

Je ne résiste pas au besoin de marquer une pause pour voir la grimace qui s'affiche sur sa trombine.

Je poursuis en parlant de ma virée aux archives à la recherche de tout ce que l'on a sur cet homme. J'enchaîne avec ma visite au foyer *Clair Matin*, sa dernière adresse connue. Là, j'apprends que Lebrac s'est suicidé. Il s'est pendu en se jetant par la fenêtre de sa chambre située au deuxième étage. Suzanne Delay, la directrice du foyer, me révèle qu'un inconnu est passé voir la victime dans sa chambre quelques heures seulement avant sa mort.

Ensuite, je lui fais part de mon entretien avec Jimmy, le voisin de chambre et ami de Lebrac, dont le témoignage est capital : c'est lui qui a découvert le corps. Et c'est aussi lui qui a trouvé le Luger dans l'herbe, au pied de la fenêtre d'où il s'est donné la mort. Enfin, je livre à *Carotte* la pièce maîtresse, celle qui change tout, à savoir que Franck Lebrac est très vraisemblablement le père de Peggy Dubois, celle qui a été désignée comme l'une des héritières de Joao Machado.

Lorsque je termine, Bertin reste silencieux. Le seul bruit qui me parvient est le bourdonnement des machines à écrire dans les bureaux d'à côté.

— Merde, finit-il par lâcher.

Il se lève alors et regarde par la fenêtre, les mains dans les poches de son costume fripé.

— Quand est-ce qu'on aura les résultats pour le pistolet ? demande-t-il sans se retourner.

— D'ici une heure. C'est ce que Roger m'a dit.

Il pivote et ses yeux me transpercent.

— Tu vas me rédiger un rapport détaillé : tout ce que tu as fait, vu et entendu depuis ce matin. Sois précis et clair. Allez, ouste !

Je ferme sa porte et m'apprête à rejoindre mon bureau quand une voix féminine m'interpelle :

— Boris !

Je me retourne, c'est Ginette.

— À l'accueil, il y a une dame qui demande à te voir.

— *Carotte* vient de me refiler du boulot, occupe-t'en, s'te plaît.

— Il s'agit de Jeanne Orsini, rétorque-t-elle.

— Ah... Dans ce cas, j'arrive. Merci.

Je m'avance vers le guichet. Je la repère aussitôt. Assise sur une chaise métallique, elle porte un chapeau légèrement incliné qui lui dissimule le haut du visage. Immobile, son sac à main posé sur ses genoux, ses jambes fines sont serrées l'une contre l'autre.

— Bonjour, lancé-je.

Elle redresse aussitôt la tête et se lève.

Jeanne Orsini est très élégante. Même si je ne connais rien à la mode, le tailleur qu'elle porte est d'une coupe impeccable et raffinée. Son maquillage accentue l'arc de ses sourcils, la profondeur de son regard et la ligne nette de ses lèvres. Et il y a ce parfum qui embaume l'air autour d'elle. Cette même senteur qui flottait chez elle et dans l'appartement de Ric.

— Suivez-moi.

Elle m'emboîte le pas. Ses talons résonnent sur le carrelage. Je la guide jusqu'à mon bureau. En chemin, je sens les regards curieux des collègues… surtout ceux des hommes.

Une fois la porte refermée, je lui désigne la chaise face à moi.

— Qu'est-ce qui vous amène ici, Madame Orsini ?

— Je tenais à vous voir, inspecteur. J'ai des choses à vous dire.

— Je vous écoute, dis-je en ouvrant mon carnet de notes.

Elle inspire profondément, comme si elle voulait rassembler son courage.

— Votre collègue, Éric Vinkler… eh bien, il est venu me voir, hier au soir.

Je ravale de justesse mon envie de hurler. J'avais pourtant dit à Ric de rester à l'écart de cette femme. Je me contente de serrer la mâchoire, décidé à ne rien laisser transparaître.

— Comme vous le savez déjà, poursuit-elle, le soir où Joao et cette femme ont été assassinés dans cet hôtel, j'étais à l'extérieur, sous un porche.

— Oui. Un détail que vous aviez omis de mentionner lors de votre première déposition. Un oubli commode.

— Je l'ai expliqué ensuite à l'inspecteur Bertin, se défend-elle, avec une pointe d'agacement dans la voix. J'avais peur. On suspecte toujours la maîtresse, n'est-ce pas ? Je voulais me protéger.

— Soit ! Poursuivez.

— Cette nuit-là, il y avait un clochard dans la rue sur le côté de l'hôtel. Il a surgi de dessous la bâche d'un camion. En braillant, il s'est mis à uriner contre un mur. Au même moment, j'ai également vu un homme près de l'entrée de service de l'hôtel. Il est parti rapidement, tête baissée.

— Tout ça, je le sais déjà, la coupé-je. C'est dans le dossier.

— Ce que vous ignorez, en revanche, c'est que je sais désormais avec une certitude absolue qui est cet homme.

28

Soudain captivé par les paroles de Jeanne Orsini, je resserre les doigts sur mon stylo, prêt à coucher sur le papier le nom de celui qui pourrait être l'assassin de la femme de mon ami Éric Vinkler et de Joao Machado, le peintre.

— Comme je vous l'ai dit, cet homme est parti rapidement mais, avant ça, il a allumé une cigarette.

Je l'interromps aussitôt avec un sourire moqueur.

— Depuis ce porche où vous vous trouviez, et même si l'avenue est éclairée toute la nuit, la distance ne vous permettait certainement pas de distinguer les traits de son visage.

— C'est vrai, concède-t-elle. Mais pour faire jaillir la flamme, il a fait des gestes très précis avec ses mains, un enchaînement que je n'ai jamais vu chez qui que ce soit d'autre.

Elle joint les mains et mime la scène : quelqu'un qui frappe plusieurs fois un briquet imaginaire contre sa paume, puis assène un dernier coup, plus sec. Ensuite, son pouce actionne la molette.

Je suis stupéfait par sa description, mais je ne laisse rien paraître. En effet, ce rituel, je le connais bien. Ric le répète quasiment à chaque fois qu'il se sert du Zippo que je lui ai offert pour son anniversaire. Aussitôt, je me dis que ça ne peut être qu'une coïncidence. Un même tic partagé par deux personnes différentes ? Comme pour conforter cette idée, je réalise que c'est impossible que ce soit Ric, pour la bonne raison qu'il a dormi chez moi cette nuit-là. Fin du débat.

— L'homme que j'ai vu, c'était votre collègue Éric Vinkler, dit-elle avec aplomb et sans sourciller.

Je suis sidéré. Comment peut-elle affirmer une chose pareille ?

D'autres questions me viennent à l'esprit : pourquoi balance-t-elle Ric maintenant, avec une telle précision assassine ? Pour se protéger elle-même en désignant un coupable bien pratique ? Par vengeance parce qu'il l'a lâchée, ou pire, menacée ? Ou bien... ou bien parce qu'elle est tout simplement sincère.

Je chasse cette dernière pensée : elle n'a aucun sens.

— Vous portez une accusation grave. Vous en êtes consciente ?

— Je le sais parfaitement, inspecteur. Mais je me dois de dire la vérité, dire ce que j'ai vu. Les meurtres de Joao et de cette femme ne doivent pas rester impunis.

Jeanne Orsini affiche une assurance troublante. Aucun regard fuyant, aucun tremblement dans la voix. Est-ce la détermination de quelqu'un qui dit la vérité ou le récit de celle qui a soigneusement bâti son scénario ?

Compte tenu de ce que je sais par la bouche de Ric, je décide de la provoquer, de lui jeter ses propres mots en pleine figure. Avec mes doigts, je mime en l'air des guillemets puis je me lance :

— *Toi et moi, on n'est rien... On sort du ruisseau...*

Je détache chaque syllabe avec une lenteur calculée.

Elle ne dit rien et ouvre grand ses yeux bleus. Je continue en récitant ce que m'a dit Ric :

— *On est prêt à tout pour réussir, même au pire, pour s'arracher à la noirceur de nos vies.*

Je marque une courte pause.

— Ces mots, ils vous sont familiers, n'est-ce pas ?

— Absolument pas. Pourquoi ? Ça devrait ?

Elle paraît surprise. Quelle formidable actrice, pensé-je.

— Parce que ce sont les vôtres, Madame Orsini. Ceux que vous avez soufflés à Ric après avoir couché ensemble, ajouté-je en scrutant son visage à l'affût de la plus petite expression qui pourrait la trahir.

Son visage se durcit. Elle semble indignée.

— Pas du tout. Je vois très bien où vous voulez en venir, mais je l'affirme haut et fort : jamais je n'ai dit des choses pareilles, se récrit-elle avec force. Oui, nous avons fait l'amour. Oui, cet homme me plaît. Il a un charme fou et j'ai craqué, c'est humain. S'il vous a réellement raconté ça, alors permettez-moi de vous le dire, inspecteur : c'est un mythomane. Ou un grand malade. Dans les deux cas, il a besoin d'aide.

Sûre d'elle, Jeanne soutient mon regard sans ciller.

— Jamais je n'ai dit des choses pareilles. Jamais, répète-t-elle d'une voix qui ne tremble pas.

Je ne me laisse pas déstabiliser par sa force de persuasion. Après tout, un bon menteur se bat toujours avec ferveur.

— Pourquoi me dire seulement maintenant que c'est Éric Vinkler que vous avez vu la nuit des meurtres ? rétorqué-je. Lorsque nous sommes venus à votre domicile, vous lui avez demandé une cigarette, vous vous souvenez ? Il l'a allumée avec ce même briquet. Et je ne parle pas de toutes celles qu'il a fumé chez vous quand vous avez passé la nuit ensemble. Vous avez vu ces mêmes gestes à de très nombreuses reprises. Pourquoi n'avoir rien dit ?

— C'est pourtant évident : son briquet a fonctionné ces fois-là. Mais hier soir, tout est remonté à la surface. J'avais tout oublié de ce que j'avais vu près de l'hôtel… tout oublié jusqu'à ce qu'Éric veuille allumer une cigarette et que son briquet refuse de fonctionner. C'est là qu'il a eu cette façon si bizarre de faire, c'est là que tout m'est revenu. Ce sont ces mêmes mouvements de la main qu'il a faits près de l'entrée de service de cet hôtel. Exactement les mêmes.

Elle se penche légèrement en avant, son chapeau projette une ombre sur son visage. Imperturbable, elle ne se démonte pas.

— Je suis prête à mettre tout cela par écrit, inspecteur. À signer une déclaration sur l'honneur. C'est Éric Vinkler que j'ai vu cette nuit-là. Je suis absolument formelle.

Son aplomb me déstabilise. Comment peut-elle être aussi inflexible, aussi catégorique ?

Insidieusement, le doute s'insinue en moi. Une fissure, d'abord minuscule, puis qui s'élargit. Et si elle disait vrai ? Et si Ric s'était réellement absenté de chez moi cette nuit-là, à mon insu, pour commettre ces crimes abominables ?

Ces questions sans réponses font vaciller mes certitudes.

Je repose lentement mon stylo sur la table. Pour la première fois depuis le début de cet entretien, je n'ai plus rien à écrire.

Tout est déjà dit. L'accusation est posée, nette et tranchante.

— Très bien, dis-je enfin. Je vais prendre votre déposition. Tout mettre noir sur blanc. Avant de la signer, vous la lirez attentivement.

Je plante mes yeux dans les siens.

— Je tiens toutefois à vous prévenir. S'il s'avère que vous avez menti, sachez que vous vous exposez à des poursuites pénales. La dénonciation calomnieuse, tout comme l'obstruction à la justice, constituent des délits passibles de lourdes sanctions.

Je marque délibérément une pause, laissant mes paroles faire leur chemin dans sa tête.

— Avez-vous bien conscience de ce que ça implique ? Des risques que vous êtes sur le point de prendre ?

Son visage reste de marbre. Elle ne flanche pas. Déterminée, elle acquiesce sans la moindre hésitation.

J'ouvre la bouche, prêt à ajouter un dernier avertissement, quand Bertin passe la tête dans l'encadrement de la porte. Il s'attarde sur le visage imperturbable de Jeanne Orsini.

— Tu tombes à-pic. Madame Orsini vient de me faire part d'éléments qui incriminent Éric.

Les pupilles de *Carotte* se mettent à briller. Sans dire un mot, il attrape une chaise, la tire vers elle et s'assoit. Il est si proche qu'elle doit sentir l'odeur de sa lotion d'après-rasage.

— Je vous écoute. Tenez-vous-en aux faits et soyez précise, dit-il sur un ton neutre, comme s'il cherchait à garder toute émotion à distance.

Penché en avant, les coudes posés sur ses genoux, les mains jointes sous son menton, son regard ne la quitte pas, lourd et insistant.

Jeanne Orsini répète alors mot pour mot ce qu'elle m'a confié : elle, sous le porche, un homme près de l'entrée de service de l'hôtel. Pour allumer son briquet, il fait des gestes très précis et inhabituels avec ses mains.

Quand elle prononce le nom d'Éric Vinkler, je note un changement quasi imperceptible chez Bertin : le coin de ses lèvres se soulève lentement. Ce n'est pas un sourire, mais plutôt une expression de satisfaction, comme si une pièce venait de tomber à la place exacte qu'il avait prévue.

Lorsqu'elle termine, il se redresse. Il n'a pas posé une seule question. Il n'a pas cherché non plus à la contredire ni à la piéger, pas même tenté de la déstabiliser.

— Tu t'occupes de la paperasse, Lenatnof, ordonne-t-il en se levant de la chaise. Je vais en référer au commissaire.

Sur son visage, un air jubilatoire. Il ne me laisse pas le temps de répondre. La porte claque déjà derrière lui.

Jeanne Orsini sursaute légèrement.

Soudain, une pensée me frappe de plein fouet : *l'alibi.* Ric était chez moi cette tragique nuit. C'est un fait.

Je me refais mentalement le film.

Après son altercation avec les gars à qui il devait de l'argent perdu au poker, je l'ai récupéré dans ce bar près de chez lui. On est rentrés chez moi. L'heure ? Aux alentours de 3 heures du matin. Ça, j'en suis sûr. Il a pris une douche, j'ai soigné ses plaies, on a discuté un moment et bu un café avant de se coucher.

D'après le légiste, les coups de feu sur Rosita et Joao ont été tirés entre 4 et 5 heures du matin.

Pour aller au Grand Hôtel depuis mon appartement, il ne faut pas plus de dix minutes à pied. Ce qui lui laisse une fenêtre suffisante pour s'absenter, commettre ces crimes et revenir s'allonger sur mon canapé avant que je me réveille au matin.

Je me ressaisis.

Ce ne sont que des suppositions, des élucubrations, sans le moindre commencement de preuve. En revanche, une chose est certaine : je me suis endormi rapidement et je n'ai pas ouvert l'œil de la nuit. J'en tire une conclusion implacable : je suis incapable d'affirmer qu'il n'a pas quitté l'appartement pendant mon sommeil.

Une dernière chose me tarabuste. Un détail en apparence insignifiant mais qui, avec le recul, prend de d'importance.

Ce matin-là, je me suis réveillé en retard, ce qui ne m'arrive jamais. Ric, lui, était déjà parti. Avant de rentrer chez lui pour se changer, il avait pris la peine de préparer le café.

Jeanne Orsini se racle la gorge, un son intentionnel qui me ramène brutalement face à son regard impassible et à sa déposition qui attend.

Machinalement, j'insère des feuilles dans la machine à écrire.

Une fois signé, le document va être transmis au juge d'instruction.

Une coulée de glace me laboure la nuque.

La machine judiciaire va se mettre en branle et ne s'arrêtera plus. Elle exigera des comptes. Et la toute première personne à qui elle en demandera, ce sera moi. Parce ce que je suis l'alibi de Ric pour cette nuit maudite. Moi, son ami.

La question ne sera plus de savoir si je crois en son innocence. La question sera : puis-je le prouver ? Puis-je jurer, la main sur le Code pénal, qu'il n'a pas quitté mon appartement ?

29

Une fois la déposition signée, je raccompagne Jeanne Orsini jusqu'à la sortie du commissariat. Dès qu'elle franchit la porte, je fais demi-tour et fonce vers le bureau de Bertin.

J'entre sans frapper.

La colère me brûle la poitrine. J'ai la rage.

— Cette femme est une mytho ! hurlé-je. Elle a piégé Ric, c'est évident. Et toi, au lieu de la cuisiner, de la pousser dans ses retranchements, d'exploiter tout ce que Ric t'a dit à son sujet, tu la laisses impunément le mettre en cause dans ce double meurtre !

Assis derrière son bureau, *Carotte* ne réagit pas. Il me regarde gesticuler sans broncher.

— Ce qu'elle raconte n'est qu'un tissu de mensonges, m'insurgé-je en haussant le ton. Tu le sais aussi bien que moi. Ric était chez moi cette nuit-là. Il te l'a dit, rappelle-toi bon sang !

— Je me souviens très bien, répond-il calmement. Je sais aussi que les alibis, surtout quand ils viennent d'un ami proche, ne valent rien sans preuve concrète. Cette femme affirme l'avoir vu. Elle décrit un geste, une manie, quelque chose de trop précis pour être inventé. Et elle vient de signer une déposition. Ton amitié avec Vinkler te rend aveugle. Depuis le début, j'avais raison le concernant. Ça s'appelle le flair. Prends-en de la graine, Lenatnof.

Je suis pétrifié. D'accord *Carotte* ne peut pas blairer Ric, mais de là à l'accuser de ce double meurtre, c'est dément.

Il me fait signe de m'asseoir, puis il pousse un document vers moi.

— À présent, cesse de brailler comme un putois et lis plutôt ça.

Je baisse la tête. C'est le rapport de Roger, le technicien de la scientifique. Comme il s'y était engagé, il a procédé aux analyses du Luger retrouvé par Jimmy au pied du corps de Lebrac.

Je parcours chaque ligne, jusqu'à ce que je me fige en lisant une phrase : *« Après comparaison balistique entre les projectiles extraits des corps de Rosita Fauvel et de Joao Machado et ceux tirés au banc à des fins d'analyse, c'est ce même Luger P08 qui a été utilisé dans les deux cas. Aucun doute possible. »*

Un frisson me parcourt. Comment cela se peut-il ?

Je reprends ma lecture. *« Aucune empreinte digitale exploitable. »*

Un peu plus loin, je découvre, sans réelle surprise, que le numéro d'identification de l'arme a été limé. *« Abrasion volontaire des marquages réglementaires. »* Autrement dit : aucune existence dans les archives, aucun propriétaire à remonter. Une pièce à conviction qui restera à jamais muette.

— Lorsque t'es entré dans mon bureau tout à l'heure, t'étais déjà au courant, t'avais lu le rapport balistique, n'est-ce pas ? demandé-je sèchement en relevant le menton.

— Effectivement.

— À quoi penses-tu ? insisté-je en voyant son regard s'illuminer.

— Lebrac et ton pote sont complices, ça crève les yeux. Et pour faire taire celui qui pouvait tout balancer, Vinkler lui a réglé son compte en faisant passer ça pour un suicide. C'est d'une logique implacable. Ce que je n'ai pas encore, c'est le mobile. Chaque chose en son temps.

— Tu vas vite en besogne, Clovis. Rien ne dit que Ric connaissait l'existence de Lebrac.

— Les preuves, on va les trouver. En attendant, file chez lui. Je le veux assis dans mon bureau d'ici deux heures. C'est clair ?

Comprenant que rien ne le fera changer d'avis, je n'insiste pas et quitte son bureau. Direction l'appartement de Ric.

Chaque pas me rapproche d'une confrontation que je redoute plus que tout, celle où je vais devoir passer du statut d'ami à celui de porteur d'une mauvaise nouvelle.

Pendant le trajet, je me sens vidé, comme si toute mon énergie m'avait brutalement abandonné. Plus de certitude, plus de logique, seulement un brouillard épais, diffus. Je n'essaie même plus de réfléchir, j'en suis incapable.

Tel un robot en pilotage automatique, je progresse au fil des rues, respecte les feux sans vraiment les voir. Enfin, je me gare devant son immeuble et grimpe les escaliers jusque chez lui.

Lorsqu'il ouvre la porte, je note tout de suite que quelque chose ne va pas. Une ride épaisse et profonde barre son front.

— Que se passe-t-il, Ric ?

— Je crois que j'ai fait une connerie, dit-il en glissant une cigarette entre ses lèvres. Hier au soir, je n'ai pas résisté à l'envie d'aller voir Jeanne.

Je m'abstiens de lui dire que je suis au courant.

— Cette femme m'a ensorcelé. Elle a un truc de spécial, de particulier. Je n'arrive pas à me l'enlever de la tête. C'est plus fort que moi. Plus fort que tout. Je suis littéralement accro.

— Et ça ne s'est pas bien passé ? Vous vous êtes engueulés ?

— Non ! s'exclame-t-il. Tout allait bien, on venait de faire l'amour et on buvait un verre de vin quand elle est devenue livide. Elle m'a dit de partir sur-le-champ. Je lui ai demandé pourquoi. Elle n'a rien voulu me dire. J'ai pas insisté et j'ai quitté sa maison sans savoir ce qui l'avait perturbée à ce point.

Il tente d'allumer son Zippo, sans succès.

Alors, il me rejoue, sans le savoir, cette scène que je connais par cœur. Chaque mouvement est identique, précis. Et soudain, tout s'aligne : le porche, la nuit, la rue de l'hôtel près de l'entrée de service, le témoin, le briquet récalcitrant.

Je ne sais plus quoi penser. La colère, l'incrédulité, la loyauté bafouée, la peur d'avoir été trahi, ou pire, d'avoir été aveugle, se mélangent dans ma tête. Et ce geste avec sa main, ce satané détail qui change tout. Coïncidence ? Preuve ? Ou manipulation de Jeanne ?

Une lente certitude s'insinue en moi : je dois savoir ce qu'il en est.

— J'ai une question, Ric. Une seule. Et je veux que tu me répondes franchement. Je ne te la poserai qu'une fois.

— Vas-y, je t'écoute. J'ai rien à cacher.

Je me lance, le cœur serré, je dois bien le reconnaître :

— Jeanne Orsini est revenue sur sa déclaration initiale concernant la nuit où elle était sous un porche en face du Grand Hôtel. Elle affirme avoir vu un homme dans la rue, près de l'entrée de service.

— Rien de nouveau, rétorque-t-il en haussant les épaules.

— Si. Parce qu'avant de disparaître, il a voulu allumer une cigarette. Son briquet ne marchait pas. Alors, il a fait ce geste-là.

Je mime lentement la scène : la main fermée qui frappe à plusieurs reprises la paume, le coup sec final, puis le pouce qui tourne une molette imaginaire.

— Est-ce que c'était toi, Ric ?

Il me fixe un long moment. Son visage se vide de toute expression.

— Comment peux-tu me demander ça, Boris ? dit-il d'une voix sourde et sans relief.

— J'ai besoin de savoir, insisté-je. C'est toi qui me l'as appris : face aux faits, on pose toutes les questions. Même celles qui font mal.

— Bien sûr que non ! explose-t-il. Comment j'aurais pu être là-bas puisque j'ai dormi chez toi après m'être fait dérouiller par ces types à qui je devais du fric ? T'as oublié ou tu le fais exprès ?

Au son de sa voix, je sens que je l'ai blessé.

— Hier au soir, après avoir couché avec elle, continué-je, tu as allumé une clope, n'est-ce pas ?

Ric plisse les yeux, comme s'il fouillait sa mémoire.

— Oui, peut-être… je me souviens plus de chaque détail… c'est possible.

— Ton Zippo a encore une fois fait des siennes et tu as fait ces gestes. Toujours les mêmes. C'est ce qu'elle a observé, Ric. Et c'est cette scène, ce rituel, qui a fait remonter à la surface ses souvenirs. Jusque-là, elle avait tout oublié, c'est ce qu'elle m'a dit. Maintenant, elle en est certaine : c'est toi qu'elle a vu près du Grand Hôtel cette nuit-là.

— Mais c'est faux ! rugit-il. C'était pas moi. Elle ment !

La colère et l'incompréhension font trembler sa voix.

— Je te le redis, la nuit des meurtres, j'étais mal en point, je me suis écroulé sur ton canapé et je me suis endormi. Je n'ai pas le don d'ubiquité, bordel !

Je n'ose pas lui lancer qu'il a pu profiter de mon sommeil, s'absenter, commettre ce double homicide et revenir sans que je m'en aperçoive. Les prononcer reviendrait à admettre que je le crois capable de cela. Et je ne sais plus quoi penser.

— Pourquoi elle fait ça ? lâche-t-il, cherchant désespérément une explication. Elle me charge pour détourner les soupçons ? Elle cherche à se protéger ?

— C'est une possibilité, oui. Mais quelle que soit la raison, elle a signé sa déposition. C'est désormais une pièce officielle du dossier. Et c'est pour ça que je suis là. *Carotte* veut t'entendre. Il m'a chargé de te conduire au commissariat. Maintenant.

Ric accuse le coup. Il est effondré.

— Il faut aussi que tu saches, ajouté-je en cherchant le bon angle pour lâcher la nouvelle, si toutefois il existe. L'arme du crime a été retrouvée.

— Quoi ? souffle-t-il en se redressant brusquement. Où ? Quand ? Comment ? Accouche, Boris, pour l'amour du ciel !

Je lui résume alors les événements qui m'ont permis de mettre la main sur le pistolet qui a tué Rosita et Joao Machado.

— Ça change tout ! s'exclame-t-il en me coupant la parole. C'est cet homme, ce Franck… comment déjà ? Lebrac. C'est lui le coupable ! Il a tué Rosita et Machado. Tu l'as arrêté et mis sous les verrous ?

— Si tu ne m'avais pas interrompu, j'allais te dire que Lebrac s'est suicidé dans la chambre du foyer où il vivait. C'était il y a quelques jours.

— Merde, chuchote-t-il. Mais avec l'arme retrouvée chez lui, il n'en reste pas moins un suspect sérieux.

Je prends une grande inspiration.

— Le pistolet en question... c'est un Luger P08.

Ric comprend et pâlit instantanément.

— Soit le même modèle que celui que je possédais. Et bien sûr, *Carotte* pense que c'est le mien ? À partir de là, il a tiré ses conclusions. C'est bien ça, Boris ?

En guise de réponse, je ne trouve rien de mieux que de hausser les épaules.

À l'opposé, celles de Ric s'affaissent lentement.

30

Lorsque nous franchissons les portes du commissariat, le brouhaha habituel cesse tout à coup. Tous les regards convergent vers Ric.

Clovis Bertin est à l'accueil et discute avec un homme aux cheveux gris. Lorsqu'il aperçoit Ric à mes côtés, il affiche un air satisfait. Un air qui ne présage rien de bon.

Il serre la main de son interlocuteur qui quitte aussitôt les lieux.

Sans un mot, il nous fait signe de le suivre et se dirige vers son bureau. Nous lui emboîtons le pas. Il referme la porte derrière nous avant d'aller s'asseoir. Nous faisons de même. Je suis étonné qu'il accepte ma présence.

Carotte se renverse dans son fauteuil et observe Ric durant de longues secondes. Un silence calculé pour mettre ses nerfs à vif, j'en suis certain.

— Tu veux ma photo ? réagit Ric d'instinct, la mâchoire serrée.

Pas manqué !

Bertin ignore la pique. Il se penche en avant, ouvre le dossier posé devant lui et feuillette les pages avec une lenteur exaspérante. Cet abruti fait durer le plaisir, savoure chaque instant de sa mise en scène.

— Bon alors, t'accouches, *Carotte*. On va pas y passer la journée, si ? l'apostrophe Ric, à bout de patience.

— Têtu. Obstiné. Tenace. Trois qualificatifs qui me vont comme un gant selon le commissaire et qui me donnent toutes mes chances de passer enfin inspecteur principal. Une juste récompense.

— Arrête ton cinéma et viens-en aux faits !

Bertin prend son temps. Il sort une feuille du dossier et l'examine.

— J'ai demandé à Roger, du service balistique, de pousser plus loin les investigations sur ce Luger. De le faire parler. Et j'ai eu raison. Tu n'es pas sans savoir, Vinkler, toi l'amateur d'armes, que le marquage déforme la structure du métal en profondeur, et pas seulement en surface, ce qui laisse une trace sous les chiffres d'origine. En plus, le Luger P08 possède des numéros répétés sur presque toutes ses pièces maîtresses. Une vraie carte d'identité. Notre expert a appliqué une solution chimique, un acide pour les faire réapparaître. Bien entendu, pour que ça marche, il faut que la matière enlevée ne soit pas trop importante. Tu me suis ?

— Oui. Mais je ne vois toujours pas où tu veux en venir.

Je connais assez l'esprit tordu de Bertin pour savoir qu'il a plus qu'une vague idée en tête.

— Roger a pu faire réapparaître plusieurs séquences de chiffres sur diverses pièces du Luger. Et c'est là que j'ai eu une fulgurance, un trait de génie, dit-il en écartant les bras comme s'il s'agissait d'une révélation divine. Pendant que Lenatnof partait te chercher, j'ai appelé ce collègue à la retraite et passionné d'armes anciennes. Tu te souviens, Vinkler ? Celui-là même à qui tu avais fièrement montré ce flingue, en racontant que ton grand-père l'avait récupéré sur le cadavre d'un allemand durant le débarquement en Normandie. Une belle histoire. Vraiment.

— Oui, et alors ? s'agace Ric.

— Tu vas comprendre, ne t'inquiète pas, dit-il en esquissant son rictus habituel.

L'assurance de *Carotte* me fait froid dans le dos. Je me demande bien ce qu'il va lâcher.

— Et c'est là que les choses deviennent intéressantes. Lorsque tu t'es rendu chez lui, tout fier de lui exhiber le trésor de papy, il n'a pas pu résister à la tentation. Pendant que tu buvais une bière sur le balcon, il a sorti son appareil, un reflex, un bijou de précision, et il a photographié ton Luger. C'est ce qu'il m'a avoué, presque embarrassé, quand il est venu tout à l'heure au commissariat.

Bertin sort une pochette en plastique du dossier, en tire deux photos qu'il dépose côte à côte sur le bureau.

— C'est l'homme âgé, avec qui j'étais à l'accueil lorsque vous êtes arrivés, qui me les a remises, dit-il en les poussant vers nous. Elles sont d'une netteté tout à fait remarquable.

Ric s'approche. Je fais de même.

L'une montre un Luger avec ses numéros bien visibles. L'autre, un document technique du labo sur lequel figurent les mêmes séquences de chiffres, ressuscitées chimiquement sur celui trouvé près de Lebrac.

— Et là, bingo ! s'écrie *Carotte*, son doigt passant tour à tour d'une image à l'autre. Ce sont les mêmes marques, les mêmes chiffres. Regarde. Compare. Aucun doute possible. Cette arme, celle qui a tué Rosita Fauvel, ta femme, et Joao Machado, c'est la tienne. C'est *ton* Luger, Vinkler, martèle-t-il.

Ric ne bronche pas. Aucune protestation, aucun mouvement d'humeur ou de colère. Seule une soudaine pâleur envahit son visage. Il comprend que Bertin détient des preuves tangibles, scientifiques. Le Luger, l'héritage de son grand-père ramassé sur un champ de bataille est l'arme du crime.

Le lien est désormais établi, indéniable, indiscutable.

Comme je le supposais un instant plus tôt, Clovis n'avait pas que des soupçons, il avait les atouts maîtres dans son jeu et il vient de les abattre.

— C'est n'importe quoi ! s'écrie enfin Ric. C'est un montage ! C'est… c'est impossible.

Sa voix se veut forte, mais se brise sur la dernière syllabe.

— L'ancien collègue est disposé à témoigner et, détail non négligeable, il a conservé tous ses rouleaux de pellicules ainsi que ses négatifs, rangés dans des classeurs. Des archives tenues avec une rigueur exemplaire.

Manifestement satisfait de sa démonstration, il se renverse dans son fauteuil, un fin sourire accroché aux lèvres. Il jubile.

— Avant de faire le sale boulot, tu as pris soin de limer les numéros. Une précaution de base, pensais-tu. Sauf que pour un flic, c'est du travail d'amateur. Trop rapide. Trop superficiel. C'est d'ailleurs très révélateur : bâcler le boulot, ce manque de rigueur, c'est tout à ton image, Vinkler. Mauvais flic un jour, mauvais flic toujours.

Soudain, il se lève d'un bond si brusque que son fauteuil heurte la cloison derrière lui. Il se penche et pointe un doigt accusateur vers Ric.

— Maintenant, tu vas me dire la vérité. Pourquoi tu les as abattus dans cette chambre d'hôtel ? Tu vas aussi m'expliquer ce que foutait ton arme, *ton* Luger, dans l'herbe sous le cadavre de Franck Lebrac. Parle, Vinkler ! Parle, bon Dieu !

Le visage de Bertin vire au rouge cramoisi.

— Ou je te jure que la cellule où tu devrais logiquement atterrir aura l'air d'une suite cinq étoiles quand tu verras le trou à rats où je vais t'expédier si tu ne te mets pas à table !

Ric tourne lentement la tête vers moi. Son regard, habituellement vif et moqueur, est vide.

L'Éric Vinkler que je connais, celui qui fait rire les collègues, le type sympa toujours prêt à rendre service, le boute-en-train qui sait d'un mot décoincer les soirées les plus mornes, a disparu. J'ai devant moi un homme abattu, résigné. En l'espace de quelques minutes à peine, il a vieilli de dix ans.

— Les apparences sont contre moi, dit-il d'une voix à peine audible. Je le vois bien. Je sais… j'suis pas un ange. J'ai déconné sur plein de choses. Mais j'ai pas fait ça. Je ne les ai pas tués. Non, pas ça. Je te le jure, Boris.

Dans ses yeux, je discerne une ombre de désespoir.

— Quelqu'un s'est servi de l'arme de mon grand-père pour commettre ces crimes affreux. Celle que j'ai vendue à un brocanteur. Celui qui l'a achetée… il l'a fait pour ça. Pour me faire porter le chapeau dans cette horreur. Tu me crois, Boris ?

Je reste silencieux, les mots sont coincés au fond de ma gorge. Je ne sais pas quoi dire. Tout est contre lui.

— Pourquoi j'aurais tué ma femme ? reprend-il. C'est du délire. Ça n'a pas de sens. J'aimais Rosita plus que tout au monde. On était heureux. Vraiment. Tu le sais, Boris ? Toi, tu nous as vus ensemble. Je suis incapable d'un truc pareil. Incapable.

Il secoue la tête, comme pour chasser ces images insupportables.

— Et Machado ? Je ne l'avais jamais vu de ma vie. Je ne savais même pas qui c'était. Alors pourquoi je l'aurais tué ? Encore une fois, ça n'a pas le moindre sens. Pas ça... non. J'ai pas fait ça.

Ric plonge son regard dans le mien.

— Tu le sais, hein ? Au fond de toi, tu le sais que c'est impossible. Dis-le-moi, Boris. Dis-moi juste que tu le sais.

Quelque chose se serre en moi. Je ne réponds pas et baisse les yeux.

Le croire maintenant, après ses mensonges, ses demi-vérités, ne serait pas honnête et irait à l'encontre de tout ce que j'ai appris du métier de policier. D'un autre côté, douter de Ric au moment où tout s'écroule pour lui ressemble à une trahison, à poignarder celui qui est déjà à terre. En fait, je ne sais plus qui je suis : l'ami qui devrait lui tendre la main ou le flic qui ne doit voir que les faits, aussi accablants soient-ils.

— Par pitié, Boris. Pas toi.

Sa phrase se perd dans un murmure.

Bertin se met à applaudir, lentement, avec un sourire glacé qui me donne la nausée.

— Vraiment très chouette ton numéro, très convaincant, Vinkler, lâche-t-il avec un sarcasme appuyé. Tu aurais peut-être dû faire du théâtre au lieu d'entrer dans la police, une institution que tu viens de salir et de bafouer avec ces crimes horribles.

Il s'empare du téléphone et baragouine quelques mots.

Presque aussitôt, la porte s'ouvre. Deux inspecteurs entrent. Deux collègues que Ric et moi croisons tous les jours à la machine à café. Pas très à l'aise, ils évitent soigneusement son regard.

Ric comprend alors et se tourne vers *Carotte*, les traits figés.

— Tu ne vas quand même pas me conduire en taule ?

— Ben si. En détention provisoire en attendant ton procès devant la cour d'assises. Et tu sais quoi ? Là-bas, tu vas retrouver quelques-uns des truands que tu as envoyés derrière les barreaux. Je suis sûr qu'ils vont te réserver un accueil mémorable.

Il se tourne alors vers les deux fonctionnaires de police.

— Passez-lui les menottes. C'est la procédure.

— Non, Clovis ! m'écrié-je. Pas ça. Pas devant tout le monde. Laisse à Éric sa dignité. Tu sais comme moi qu'il ne va pas faire d'esclandre et je te rappelle qu'il est présumé innocent.

Bertin me fixe une seconde. Indécis, il pèse le pour et le contre. Finalement, il fait un vague geste de la main, presque désinvolte, en direction des deux hommes.

— Emmenez-le discrètement par l'escalier de service.

Les deux policiers, manifestement soulagés d'éviter la scène humiliante des menottes devant tout le personnel du commissariat, saisissent Ric par les bras.

Avant de quitter la pièce, il tourne la tête vers moi. Son regard accroche le mien : *« Ne me laisse pas tomber »*. C'est ce que je décrypte dans ses yeux.

La porte se referme avec un claquement sourd. Une certitude s'impose alors à moi : quoi qu'il ait fait, ou pas fait, je viens de perdre bien plus qu'un collègue.

31

Deux semaines… Voilà déjà deux semaines que Ric est placé sous mandat de dépôt, incarcéré à la prison de La Talaudière, à quelques kilomètres de Saint-Étienne.

Face à la gravité des faits qui lui sont reprochés et à l'implication d'un policier dans cette affaire, le juge d'instruction a signé son placement en détention provisoire. Il a justifié sa décision par un risque de fuite jugé sérieux. En réalité, il voulait montrer que personne n'est au-dessus de la loi. C'est ce qu'il a dit à Bertin qui s'est fait un plaisir de me le répéter.

Le monde de Ric se résume à une cellule, à quelques heures de promenade dans une cour grillagée et à l'attente interminable de son procès. Désormais, il ne sortira de là que pour affronter le verdict des assises.

C'est la première fois que je viens le voir. Obtenir un permis de visite n'a pas été simple.

Avant de sortir de la voiture, j'écrase mon mégot dans le cendrier plein à craquer. Moi qui m'étais toujours juré de ne jamais toucher à une cigarette, l'arrestation de Ric a eu raison de ma volonté. Le soir même, en quittant le commissariat, j'ai poussé la porte du premier bureau de tabac sur ma route. En déposant la monnaie sur le comptoir, je me suis promis que ce serait temporaire. Deux, peut-être trois par jour maximum, pour calmer mes nerfs mis à rude épreuve.

Je n'ai pas tenu parole, une cigarette en remplace une autre. Au début, je les ai comptées, puis j'ai arrêté. La preuve est là, dans le cendrier débordant et dans ce goût de tabac qui me colle au palais.

Sous une pluie battante, je gagne l'entrée de la maison d'arrêt. Après les formalités d'usage, un gardien me fait signe de le suivre. Nous marchons en silence dans un dédale de couloirs, seul le cliquetis métallique du trousseau de clés accroché à sa ceinture brise ce silence lugubre. L'air est saturé d'une odeur de désinfectant qui me prend à la gorge.

Le maton pousse enfin une porte. Un parloir exigu. Une table en bois vissée au sol, deux chaises en plastique. Des murs délavés.

Ric est assis là, la tête baissée.

Pas rasé, les cheveux ébouriffés, il ne ressemble plus au Ric Vinkler flamboyant et sûr de lui que je connaissais. Les traits tirés, amaigri, il flotte dans son sweat-shirt devenu trop grand. Mais ce qui me frappe le plus, ce sont les hématomes, violets et jaunes, qui parcourent ses joues et son menton. Ses lèvres sont gonflées et fendues.

Dès que je franchis la porte, il se lève, contourne la table et me serre dans ses bras.

— C'est bon de te voir, Boris. J'attendais ce moment.

Dans mon dos, j'entends le gardien tourner la clé dans la serrure.

Au bout de quelques instants, je m'écarte et observe sa figure tuméfiée.

— Le comité d'accueil, je suppose ?

— Ces salauds m'ont pas raté, dit-il en passant délicatement la main sur ses blessures. Depuis, un gardien, un gars que je connais depuis longtemps, m'emmène faire un tour dans la cour quand il n'y a plus personne. Et toi, comment ça va ?

— Le commissaire m'a affecté un nouveau coéquipier… une femme. Depuis un moment déjà, elle avait demandé sa mutation à Saint-Étienne afin de se rapprocher de sa famille. Elle est sympa. On est sur une nouvelle affaire, le braquage d'une agence bancaire. La routine.

— Et du côté de notre affaire… les meurtres de Rosita et du peintre ? demande Ric en s'asseyant, la voix tendue comme s'il craignait déjà la réponse.

Je prends une seconde avant de répondre, sachant que mes mots vont sceller un peu plus son sort.

— L'instruction est close, dis-je en m'installant face à lui. Le juge d'instruction a signé l'ordonnance de renvoi hier en fin de journée.

Ses doigts se crispent sur le bord de la table. Il sait ce que ça signifie.

— L'enquête préliminaire est terminée, murmure Ric, anéanti.

— Plus d'interrogatoire, plus de contre-expertise possible. Le dossier étant bouclé, il est désormais entre les mains du procureur de la République qui va saisir la cour d'assises. Ton avocat, Maître Dubreuil, a reçu le dossier ce matin. La date d'ouverture du procès devrait être fixée dans les prochaines semaines.

— Je vais être jugé pour assassinat. J'arrive pas à me faire à l'idée. Secoue-moi, Boris. Dis-moi que je suis en plein cauchemar, que je vais me réveiller et retrouver ma vie d'avant.

Son visage se vide de ce qui lui restait de couleur.

Seul le verdict des jurés pourra désormais le sauver… ou le condamner à une lourde peine de prison.

— Tu as contacté Bakary Diallo, le brocanteur à qui j'ai vendu le Luger ?

— Bien sûr. Mais le fonds de commerce a été cédé il y a six mois. Le nouveau propriétaire n'a retrouvé aucune trace de cette vente dans les documents laissés par son prédécesseur.

— Comment est-ce possible ? s'emporte Ric. Il est pourtant tenu de consigner par écrit tous ses achats. C'est la loi.

— Je sais. Le gars qui tient désormais la boutique m'a appris que Diallo est rentré au Mali, son pays d'origine. Je n'ai pas lâché l'affaire et j'ai contacté les autorités locales via Interpol. C'est comme ça que j'ai appris qu'il était mort il y a peu, renversé par une voiture en sortant d'un bar. Un banal accident. Mais toi, tu dois bien avoir un reçu ? C'est notre seule piste pour remonter à l'acheteur réel et prouver que tu ne l'avais plus.

Ric se prend la tête entre les mains, les doigts enfoncés dans ses cheveux gras.

— Les premiers temps, j'ai dû le conserver, oui. Mais tu connais mon sens du rangement. C'est le bordel dans mon appart. À coup sûr, je l'ai jeté ou perdu.

Ric jette un œil vers la fenêtre embuée sur laquelle la pluie ruisselle en filets sales sur les carreaux noircis.

— Tout se ligue contre moi. L'arme, le brocanteur mort... et moi, avec mon putain de désordre, j'ai balancé la seule preuve qui pouvait me sauver. C'est comme si le destin avait tout verrouillé pour que je sois celui qui paie.

Je lui explique que je continue à enquêter en catimini, dans le dos du commissaire et surtout de Bertin qui me surveille de près. J'ai emporté chez moi une copie du dossier et relu des dizaines et des dizaines de pages de procédures, d'interrogatoires et de rapports techniques à la recherche d'un détail qui m'aurait échappé, de la moindre incohérence.

J'ai tout passé au peigne fin. Absolument tout. Des dépositions des femmes de ménage à celle du directeur ou encore du voiturier.

Je poursuis en lui disant que j'ai recontacté l'homme qui promenait son chien sur l'avenue cette nuit-là, celui qui a vu Jeanne Orsini sous le porche face au Grand Hôtel. On a refait le trajet ensemble. Je me suis placé exactement là où elle se tenait, j'ai étudié l'angle de vue, ce qu'elle a pu voir ou ne pas voir, essayé de déceler ce qui pourrait contredire son témoignage. En vain.

Je me suis battu durant trois jours pour retrouver la trace du SDF, celui qui prétend avoir vu un homme près de l'entrée de service. Quand je l'ai enfin localisé, il n'a rien pu me dire de plus, hormis le fait qu'il était complètement ivre.

Ensuite, je suis retourné dans la chambre 514 et j'ai refait le parcours supposé du tueur. J'ai scruté chaque centimètre carré dans l'espoir qu'il ait laissé derrière lui une trace que la police scientifique aurait pu louper. Rien.

J'enchaîne en racontant que je suis retourné voir Jeanne Orsini, à Montbrison, sans la prévenir, sans lui laisser le temps de préparer un discours.

À l'intérieur de la villa, toutes les pièces étaient vides. Les meubles avaient disparu, les murs étaient nus, des caisses et des cartons empilés un peu partout. Elle part s'installer chez son frère, à Cuba. J'ai vérifié. C'est exact : il vit et travaille là-bas depuis des années. Elle a un billet d'avion en poche et un conteneur maritime est réservé pour ses affaires. Elle quitte le pays dans peu de temps.

J'ai repris avec elle chaque détail de sa déposition à la recherche d'une faille. J'ai même remis sur la table votre relation amoureuse, les phrases qu'elle aurait prononcées, les sous-entendus. Pas un flottement dans son regard, pas une hésitation.

— Elle reste campée sur sa version, terminé-je. C'est toi qu'elle a vu cette nuit-là à proximité de l'hôtel. Elle n'en démord pas.

Tassé sur sa chaise, Ric écoute, le visage fermé. Il ne dit plus rien. Il ne proteste plus. Il n'y a chez lui ni colère ni révolte, uniquement une forme de résignation, comme s'il acceptait l'inéluctable.

32

Un long silence s'installe. Ric passe la main dans ses cheveux, puis il se penche en avant et fixe un point invisible sur la table.

J'attrape mes cigarettes au fond de ma poche et en sors une de l'étui.

— Tu fumes ? C'est nouveau ! s'étonne Ric.

— Avec ce que tu me fais vivre, j'ai fini par craquer, dis-je en lui tendant le paquet.

J'allume la mienne et je lui tends mon briquet. Un Bic.

— Celui-là ne tombe pas en panne.

Me voilà à plaisanter. D'ordinaire, c'est Ric qui tient ce rôle.

Il esquisse un sourire en aspirant une bouffée.

Soudain, il relève lentement la tête. Dans ses yeux brille une lueur d'espoir froide et déterminée.

Il n'abandonne pas. Il se remet dans la partie et redevient un flic. Un flic dos au mur, mais un flic. Et il donne ses ordres :

— Creuse du côté de Peggy Dubois. Tâche de savoir ce qu'elle faisait le jour de la mort de Lebrac. Après tout, elle a très bien pu l'éliminer pour toucher l'héritage et ne rien avoir à partager avec lui. C'est un excellent mobile, non ?

Je hoche la tête avant de répondre, factuel.

— J'y ai pensé, bien sûr, et j'ai fait des recherches. Elle vit à Saint-Étienne, dans le quartier de Fourneyron. Peggy est caissière à Monoprix, place du Peuple. Ado, elle a eu des ennuis avec la justice pour détention de cannabis. Depuis, plus rien. Je lui ai rendu visite.

Je marque une pause, le temps de remettre les faits en ordre dans mon esprit.

— La veille et le jour du décès de Lebrac, elle suivait une formation à Lyon. J'ai vérifié : horaires, feuilles d'émargement, témoignages, tout concorde. Elle était bien sur place et ne s'est absentée à aucun moment.

— Et comment a-t-elle réagi à l'annonce de sa mort ? demande Ric en guettant ma réponse.

— Bouleversée, évidemment. Mais aussi sous le choc et furieuse. Pour elle, il est impensable qu'il se soit suicidé. D'autant plus qu'à partir de sa majorité, en juin prochain, il n'aurait plus été soumis à l'obligation judiciaire de se tenir à distance. Leur relation, restée secrète jusqu'alors puisqu'elle lui envoyait des photos depuis des années, aurait enfin pu être officialisée.

Je poursuis le récit de Peggy encore bien présent dans ma mémoire.

— Elle m'a confié qu'elle était enceinte. Lebrac était fou de joie. Il y voyait une seconde chance. Il s'était rangé, suivait un traitement et voyait un psy. Mais surtout, il venait de décrocher un CDI qui le rendait fier. Il allait quitter le foyer pour s'installer dans un petit appartement, près de chez elle.

— Et l'héritage de Machado ?

— Pour trancher cette question, Peggy Dubois a accepté de se soumettre à une analyse de sang comparative. Le groupe sanguin de Joao Machado était AB négatif, un groupe très rare. Celui de Peggy Dubois, O positif. Un père de groupe AB ne peut pas avoir un enfant de groupe O. Les antigènes sont incompatibles. Elle n'est donc pas sa fille. Sitôt les résultats connus, elle a fait savoir au notaire qu'elle refusait la part qui lui était léguée, comme la loi l'y autorise. C'est Clélia, la veuve, qui récupère l'appartement parisien, les avoirs à la banque et l'ensemble des toiles exposées dans les différentes galeries. Il y en a pour des millions.

Je conclus sans hésitation.

— Peggy est une brave fille. Elle n'a rien à voir avec ce double meurtre. Et je suis tenté de croire que Franck Lebrac non plus.

Ric fronce les sourcils.

— Alors explique-moi pourquoi le flingue que j'ai vendu à ce brocanteur s'est retrouvé dans l'herbe, sous le cadavre de Lebrac ?

— Je n'en ai aucune idée, fais-je en soupirant. Cet épisode reste totalement obscur. Une énigme dans l'énigme.

— Et ce type dont la directrice t'a parlé ? enchaîne Ric, obstiné. Celui qui est passé rendre visite à Lebrac, la veille de son suicide.

— J'ai interrogé tout le monde. Le gardien, les voisins de chambre, les autres pensionnaires du foyer. Personne ne l'a vu. Personne, sauf la directrice. Là encore, c'est un mystère.

Les coudes en appui sur la table, il rassemble ses mains sous son menton. Son regard se durcit. Il reste ainsi quelques instants.

— Vu que tu as suivi toutes les pistes possibles et que ça ne mène à rien, on en revient à Jeanne. Tu ne m'enlèveras pas de l'idée que c'est elle qui est derrière tout ça.

— Arrête ! On n'a rien contre elle. Rien de concret. Aucune preuve. T'es en boucle. Ça devient obsessionnel. Et l'obsession, ça aveugle.

— C'est pas une obsession, c'est une certitude, tranche-t-il sans élever la voix, mais avec conviction. C'est elle, Boris. Je le sens dans mes tripes. Le mobile de toute cette affaire, c'est le doigt du peintre. J'en suis convaincu. Tout comme je suis persuadé qu'il se trouve chez elle.

— Tu as des éléments pour avancer une chose pareille ?

— La dernière nuit que j'ai passée chez elle… après avoir fait l'amour, elle s'est endormie. J'en ai profité pour fouiller l'atelier du peintre à la recherche de son index. Quand elle m'a surpris, elle a piqué une crise. Une colère froide et violente, carrément disproportionnée. La réaction d'une personne qui a quelque chose à cacher. Je l'ai vu dans ses yeux. Elle nous a tous menés par le bout du nez. Machado, toi, moi.

— Depuis ton incarcération, tu as revu *Carotte ?* Tu lui as raconté cette scène, tes doutes au sujet du doigt ?

— Et comment ! Je lui ai tout balancé, mais il est resté inflexible. Pour lui, le dossier était déjà ficelé. Il avait son coupable tout désigné. Moi, en l'occurrence.

Il m'attrape le bras et le serre fort.

— C'est elle qui a l'index du peintre. Pense aux nombreuses toiles terminées mais non signées qu'il y avait chez elle. C'est avec ça qu'elle pourra les authentifier et devenir riche. Extrêmement riche.

Je l'observe, partagé entre l'envie de balayer son obsession et la possibilité qu'il ait raison.

— Même si c'est vrai, ça ne suffit pas, Ric. Une intuition, ce n'est pas une preuve.

— Toutes les grandes affaires naissent ainsi, réagit-il aussitôt sans une once de doute dans la voix. Le doigt de Machado vaut une fortune, et Jeanne le sait. Elle a tout calculé. Depuis le début, elle a tout manigancé. C'est elle qui tire les ficelles.

Je me lève et fais quelques pas dans la pièce, incapable de rester immobile. Et s'il disait vrai ? Et si derrière ce masque de femme éplorée se cachait une manipulatrice de génie ?

— Qu'est-ce que tu attends de moi au juste ?

— Va à la villa. Fouille les caisses et les cartons prêts à être expédiés à l'autre bout du monde. S'il est là, caché quelque part, tu finiras par le dénicher.

— Même si tu dis vrai, je n'ai rien de tangible à soumettre au juge. Seulement tes intuitions. Il ne m'accordera jamais un nouveau mandat de perquisition.

— La paperasse, on s'en fout ! L'essentiel est de l'empêcher de filer.

— Et la procédure, t'en fais quoi ? Si je découvre l'index du peintre à Montbrison sans autorisation, la preuve sera irrecevable. Tu le sais parfaitement.

Ric ne m'entend plus. Déterminé comme jamais, il développe son idée.

— Il y a forcément une cache quelque part. Tu verras, Boris, la vérité finit toujours par se montrer à celui qui la cherche vraiment.

Dans ma tête, les pièces du puzzle se mettent en place lentement. Jeanne. Son calme trop parfait. Son départ précipité.

Soudain, tout s'éclaire : ma décision est prise.

Je vais aider Ric. Tant pis si je joue ma carrière, ma réputation sur ce coup de dés insensé. C'est mon ami, et on n'abandonne pas un ami. On tend la main, on se salit s'il le faut. Je sais qu'il ferait pareil pour moi, sans la moindre hésitation.

Quand le parloir s'achève et que le gardien toque à la porte, je repars avec la ferme résolution de retourner à la villa.

Non pas parce que j'y crois aveuglément. Mais parce que, désormais, je ne peux plus faire comme si le doute n'existait pas. Je ne peux plus l'ignorer. Je dois savoir.

Parce que s'il est fondé, il bouleverse tout et réécrit l'histoire.

S'il ne l'est pas… au moins, j'aurai épuisé toutes les pistes et je pourrai regarder Ric droit dans les yeux et lui dire : *« J'ai essayé, j'ai vraiment tout tenté. »*

33

Après ma visite à Ric à la prison, je retourne au commissariat.

Je suis déterminé. J'ai conscience que c'est la mission de la dernière chance. La dernière carte à jouer pour espérer sauver Ric d'une vie derrière les barreaux.

Lorsque la journée s'achève enfin, je file à Montbrison au volant de ma vieille 205.

Arrivé à la villa de Jeanne Orsini, je cherche une place à distance respectable de la maison mais avec une vue dégagée sur le portail et les fenêtres du rez-de-chaussée. Je me gare, coupe le contact et j'attends en fumant une cigarette.

Dès que la lumière du jour baisse, les lumières s'allument et s'éteignent, pièce par pièce.

Grâce aux vérifications effectuées à l'hôtel de police, je sais que le billet d'avion qu'elle a acheté prévoit un départ pour demain. Un vol direct à destination de La Havane.

En passant quelques coups de fil, j'ai appris que ses affaires seraient déménagées plus tard, dans le courant de cette même journée, direction Le Havre, où elles seront chargées à bord d'un conteneur. Le cargo appareillera le lendemain. Tout est réglé. Le timing est parfait.

Dans ma voiture, immobile, je suis frigorifié. Chaque respiration forme un petit nuage de buée dans l'habitacle.

À cela s'ajoute une faim de loup qui me tord l'estomac. Dans ma précipitation à quitter Saint-Étienne, je n'ai rien prévu. Pas un sandwich, pas une barre chocolatée, pas même un thermos de café. Rien. Une erreur de débutant. Intérieurement, je peste.

Au petit matin, le bruit d'un moteur me sort de mon sommeil. Malgré mes efforts pour rester éveillé, j'ai fini par sombrer.

J'essuie la buée sur la vitre. Un taxi se range devant le portail.

J'allume une cigarette. J'ai froid. Durant la nuit, de peur de me faire repérer, je n'ai pas osé mettre le moteur en marche.

Le chauffeur descend et sonne à l'interphone. Quelques secondes après, le portail s'ouvre lentement.

Jeanne Orsini apparaît sur le perron, impeccable. Robe d'été et veste légère malgré la fraîcheur, lunettes de soleil. Elle discute un instant avec cet homme.

De ma cachette, je le vois charger deux valises dans le coffre. Rien d'autre. Tous les volets de la villa sont clos. Cette fois, c'est sûr : elle part pour de bon.

Soudain, une pensée me glace : si le doigt de Machado se trouvait dans un de ses bagages ? Ou si elle l'emportait avec elle, discrètement, dans son sac à main ? Alors c'en serait fini des espoirs de Ric de la coincer.

Mais aussitôt, la logique reprend le dessus.

Non, elle ne prendrait pas un tel risque. Elle est trop maligne pour ça. Ses valises seront inspectées aux contrôles de sécurité de l'aéroport, peut-être même fouillées par la douane. Un doigt humain déclencherait l'alerte. Tout ce qu'elle a manigancé et mis en scène s'effondrerait d'un coup.

Si Ric ne s'est pas trompé sur son rôle dans cette affaire, le doigt est forcément ici. Caché dans cette maison, ou plus précisément, parmi ces cartons et ces caisses que j'aperçois par la porte d'entrée grande ouverte. Qui irait fouiller un conteneur maritime envoyé vers une destination lointaine et rempli de meubles, de vaisselle, de vêtements, mais aussi des toiles du peintre sans valeur marchande ? La cargaison sera scellée, les papiers en règle. C'est la cachette parfaite.

Cette certitude me redonne de l'énergie.

Elle verrouille le battant puis rejoint le taxi d'un pas assuré et s'installe à l'arrière.

Je jette par la vitre ce qui reste de ma cigarette. C'était la dernière. Mon paquet est vide.

Avant que le chauffeur démarre pour la conduire à l'aéroport d'Andrézieux-Bouthéon, elle fixe longuement la villa. Comme un adieu peut-être. Puis la voiture s'éloigne.

Dès que le taxi disparaît au coin de la rue, je jaillis de ma 205 et je me précipite vers la propriété. Je me glisse derrière le portail automatique juste avant qu'il ne se referme complètement.

À moi de jouer. C'est maintenant ou jamais.

Les semelles de mes chaussures crissent sur le gravier de l'allée. Je jette des regards furtifs alentour, scrutant les fenêtres des demeures voisines. Rien ne bouge, mais je ne suis pas franchement rassuré.

Mon sang pulse fort dans mes veines. C'est la première fois de ma vie que je m'introduis par effraction dans une propriété.

Je me demande comment je vais faire pour entrer. Dans les films, le flic a toujours un passe… pas moi. D'ailleurs, je ne saurais pas m'en servir. Je vais devoir improviser.

Les sens aux aguets, je contourne la maison lorsque je remarque un soupirail masqué en partie par des arbustes. Une petite fenêtre rectangulaire donnant sur ce qui doit être la cave. Et surtout, elle ne possède pas de barreaux.

Je prends une grosse pierre dans la rocaille qui borde l'allée et je me mets en position. S'il y a une alarme, je vais vite le savoir.

Je la lance fort. La vitre se brise avec fracas.

Le cœur cognant dans ma poitrine, je m'attends à ce qu'une fenêtre s'ouvre dans le voisinage et qu'une silhouette apparaisse en hurlant, ou encore qu'une sirène stridente retentisse et me crève les tympans.

Mais rien de tel ne se produit.

Je m'accroupis, dégage le cadre des éclats de verre pour ne pas me couper, puis je me faufile à l'intérieur. Le passage est étroit. Je me tiens au rebord et me laisse tomber dans le vide.

J'atterris lourdement sur un sol de terre battue humide, l'obscurité est presque totale.

Je fouille dans la poche de ma veste et en sors une torche. Une chance que j'en ai toujours une dans la boîte à gants de ma voiture. Je l'allume.

Mon cœur bat à un rythme effréné. En l'espace de quelques minutes à peine, je viens de commettre plusieurs délits : violation de domicile, dégradation et effraction. Joli palmarès pour un flic !

Je gagne l'étage. Le faisceau de ma lampe balaie les pièces les unes après les autres. La salle à manger. Les chambres. La cuisine. Puis l'atelier de Joao Machado. Partout, le même constat : c'est vide.

Tout a été regroupé dans le salon, près de la porte d'entrée, comme je l'avais vu depuis l'extérieur. Les caisses et les cartons sont entreposés là. Il y en a des dizaines. J'en ai pour des heures à tout ouvrir et tout fouiller.

Mais, quelque part dans cet amas, se cache peut-être la preuve qui peut tout faire basculer et disculper Éric Vinkler, mon ami. Aussi, je n'ai pas le droit au découragement, je m'accroche à cet espoir.

Depuis près de deux heures, je déballe, je fouille sans relâche en veillant à tout remettre en place avec une précision maniaque pour que rien ne paraisse suspect, ou le moins possible. Un véritable travail d'orfèvre, patient et minutieux.

Je suis exténué, trempé de sueur, la chemise plaquée contre mon dos. Peu importe.

Je m'attaque à cette énorme caisse en bois, la dernière. Elle me résiste, mais finit par céder dans un craquement sec.

À l'intérieur, les affaires du peintre. Les pinceaux encore tachés de couleurs séchées. Les tubes de peinture soigneusement rangés, les palettes, les chevalets démontés.

Et surtout... ses toiles.

J'en saisis une au hasard. Mon regard glisse vers le bas, à l'endroit où devrait se trouver sa signature. Son nom est bien là, mais il n'y a pas l'empreinte de son index qui permet d'authentifier ses œuvres et leur conférer leur valeur.

Je les compte. J'en dénombre vingt-cinq. J'ai lu dans la presse que chacune d'elles se vend autour d'un million de francs.

Le prix d'une Ferrari Testarossa. Soit de quoi se la couler douce le restant de sa vie.

En quelques minutes, je retourne tout. Mais toujours rien. La colère me submerge. De rage, je donne un violent coup de pied dans le coffret de tubes de peinture posé devant moi.

La boîte en bois explose. Les tubes volent dans tous les sens. J'entends un son bizarre. Quelque chose qui semble rouler sur le parquet.

Aussitôt, je braque ma lampe dans la direction d'où vient le bruit. Un bocal en verre fermé par un couvercle roule lentement avant de venir buter contre une plinthe.

Je m'approche. De la taille d'un pot de confiture, il a miraculeusement résisté au choc. À l'intérieur, j'aperçois une forme indistincte.

Je fouille fébrilement dans ma poche, en extirpe un mouchoir et le saisis avec précaution.

J'approche la lumière. Et là, sous mes yeux ébahis, je le vois.

Un doigt.

Enfin… une partie. La deuxième et la troisième phalange pour être précis. Sur la dernière, celle du bout, se trouve l'ongle d'un côté et l'empreinte digitale de l'autre.

Mon cœur s'emballe. Il n'y a aucun doute possible. Ça ne peut être que celui de Joao Machado.

Un sourire se dessine sur mes lèvres.

Voici enfin la preuve que je cherchais. Celle qui va faire tomber Jeanne Orsini. Mais aussi, celle qui va permettre à Ric de sortir de prison.

34

Trois semaines plus tard

Le ciel gris sent la pluie. Pourtant, c'est un beau jour pour Ric. Il va enfin sortir de prison, lavé de tout soupçon.

Malgré les tentatives du commissaire pour faire libérer l'un de ses hommes, rien n'a pu accélérer la procédure.

Une fois lancée, la machine judiciaire a son rythme, sa propre inertie et il a fallu des jours, de nombreuses procédures, des signatures, des allers-retours administratifs pour obtenir enfin le document officiel autorisant sa libération.

Comme je l'avais promis à Jacky Léoni, je lui ai tout raconté. Fidèle à l'image que j'avais de lui, un journaliste intègre qui préfère les faits aux titres racoleurs, il a publié dans les pages du *Progrès* un article reprenant les éléments de l'enquête. Le texte établit clairement l'innocence de Ric et ne laisse aucune ambiguïté quant à son absence de responsabilité dans cette affaire criminelle.

Je regarde ma montre. La levée d'écrou est prévue à 10 heures pile. Encore quelques minutes à attendre.

J'allume une cigarette et tire une bouffée. Aussitôt, les images me reviennent. Le moment précis où je suis arrivé au commissariat avec le pot en verre contenant le doigt de Joao Machado.

Quand je l'ai posé délicatement avec mon mouchoir sur le bureau de Clovis Bertin, en lui racontant où et comment je l'avais trouvé, j'ai cru qu'il allait tourner de l'œil. Son visage s'est vidé de toute couleur. Pendant un moment, il est resté muet, incapable de détourner les yeux de ce bocal posé entre nous.

— Et la procédure, Lenatnof ? a-t-il fini par dire. Tu bousilles mon enquête ! Tu le sais, ça ?

J'ai haussé les épaules.

— Si je t'avais dit ce que je comptais faire, tu aurais accepté ? Non, bien sûr. Alors, j'ai improvisé. Et j'ai vu juste.

J'ai argumenté en reprenant les paroles de Ric : *« Le mobile de toute cette affaire, c'est le doigt du peintre... C'est elle qui l'a. Elle part s'installer chez son frère, à Cuba. Elle pourra authentifier les nombreuses toiles terminées mais non signées... elle va devenir riche. Extrêmement riche. »*

Jamais *Carotte* n'a admis s'être trompé. Pas un mot, pas le moindre *« j'ai sans doute été trop vite »* ou alors *« les apparences étaient trompeuses ».* Son orgueil en a pris un sacré coup. Ce n'était pas écrit sur son front, mais c'était palpable.

En prenant mon mouchoir pour ne pas laisser ses empreintes sur le pot, il s'en est emparé pour observer de près le doigt du peintre.

— Je prends le relais.

Voilà les seuls mots qu'il a prononcés.

Moins d'une heure plus tard, des policiers ont interpellé Jeanne à l'aéroport alors qu'elle s'apprêtait à embarquer pour Cuba. Au même moment, cartons et caisses ont été fouillés dans sa villa de Montbrison, juste avant leur départ en camion pour Le Havre. Mandat de perquisition en poche, c'est Bertin qui a découvert la preuve qui incriminait Jeanne Orsini.

Le lendemain matin devant tous les collègues, le commissaire l'a chaudement félicité pour cette brillante initiative qui permettait de mettre un point final à ce dossier. Sa future promotion ne fait aucun doute.

Deux jours plus tard, Jeanne Orsini a été conduite, menottée, jusqu'à la salle d'interrogatoire. Quand Bertin lui a dit que l'index de Machado avait été retrouvé parmi les affaires laissées dans la villa, je l'ai vue, pour la première fois, blêmir. Fini le masque impeccable, la maîtrise glaciale.

Quand il a ajouté que les analyses du laboratoire de police avaient révélé, sur le pot en verre contenant le doigt, non seulement les empreintes de Joao Machado mais aussi les siennes, Jeanne a explosé, hurlant qu'on l'avait piégée, qu'elle était la victime d'un complot pour la faire accuser.

Bertin n'a rien voulu entendre. Quand il l'a interrogée sur le rôle de Lebrac, sur leur rencontre et sur la façon dont ils avaient mis la main sur le Luger d'Éric Vinkler, cette même arme retrouvée sous la dépouille de Lebrac pour faire porter le chapeau au policier, elle a opposé un silence buté, refusant de répondre tant que son avocat ne serait pas présent à ses côtés.

D'autres interrogatoires ont suivi. Jamais elle n'a avoué quoi que ce soit, niant tout en bloc et répétant qu'il ne s'agissait que d'une machination diabolique.

Dans son rapport final, Bertin a conclu que Jeanne et Lebrac étaient forcément complices. C'est ensemble qu'ils avaient conçu ce plan. Il a abattu le peintre et Rosita Fauvel, et c'est également lui qui a sectionné l'index. Pour détourner les soupçons, Jeanne a accusé Éric Vinkler, affirmant l'avoir vu cette nuit-là près du Grand Hôtel.

Pour étayer sa thèse, Bertin avançait le mobile financier. Pour Lebrac : l'héritage que Peggy s'apprêtait à percevoir. Pour Jeanne : ce doigt qui lui permettait d'authentifier les toiles présentes dans la villa de Montbrison.

Pourtant, des zones d'ombre subsistaient. Comment Jeanne et Lebrac s'étaient-ils connus ? Nul ne le savait. Comment Lebrac avait-il mis la main sur le Luger ? Mystère. S'était-il réellement suicidé ? Si ce n'était pas le cas, existait-il une troisième personne impliquée ?

Mais dans cette affaire hors norme, la découverte du doigt chez Jeanne, ajoutée à la présence de ses empreintes sur le bocal en verre qui le contenait, avait suffi à convaincre le juge d'instruction de sa culpabilité.

Dans l'attente de son procès, elle a été placée en détention.

Ric, lui, ne reprendra pas son poste au commissariat. C'est ce qu'il m'a confié il y a quelques jours.

Profondément secoué par cette histoire, il a décidé de partir loin. Aux Bahamas. Une île que Rosita rêvait de visiter.

Une promesse qu'il veut honorer.

Enfin, le portail s'ouvre. Le lourd battant grince sur ses gonds.

Ric apparaît, un sac sur l'épaule. Il a maigri, ses traits sont tirés, son regard sombre. Quand il me voit, quelque chose s'éclaire furtivement sur son visage. Il s'avance vers moi. On se prend dans les bras, fort, et on reste ainsi de longues secondes.

— Putain... que c'est bon, dit-il ému.

Lorsqu'il se détache, je lui demande aussitôt :

— Alors c'est décidé... tu quittes Saint-Étienne ? La France ?

— Oui. J'ai besoin de faire un break, répond-il sans hésiter.

— Tu reviens quand ?

Il hausse les épaules.

— Aucune idée... peut-être jamais. Je veux tourner la page. Et rester ici, ce n'est plus possible.

Il avale difficilement sa salive et poursuit :

— Rosita me manque tant, dit-il d'une voix sourde.

— Ton vol est pour quand ?

— Demain. Une escale à Paris, puis direction plein ouest.

Je baisse les yeux.

— Je m'en veux d'avoir douté de toi, Ric.

Il secoue la tête.

— N'en parlons plus. Et puis, si je suis libre, c'est grâce à toi, à ta persévérance. Personne d'autre n'aurait fait ce que tu as fait pour moi. Personne.

Ric pose une main ferme sur mon épaule.

— Tu es mon ami. Le seul que j'ai jamais eu.

Ses mots me touchent plus que je ne veux bien l'admettre.

Un taxi s'arrête et se gare devant nous.

— C'est pour moi.

— Mais j'ai ma voiture, dis-je en désignant d'un geste du menton ma vieille 205 garée plus loin. Je te raccompagne chez toi.

— Ça va aller, Boris. Les adieux, ça n'a jamais été mon truc. J'ai mes bagages à préparer et je veux passer au cimetière me recueillir sur la tombe de Rosita.

Il s'avance vers moi et me serre longuement dans ses bras. Puis, sans se retourner, il monte à l'arrière du taxi. Le chauffeur démarre aussitôt.

Je lève le bras. Par la vitre ouverte, Ric fait de même.

La voiture s'éloigne, puis disparaît au coin de la rue.

35

10 octobre 2025

Un coup de klaxon, brutal et insistant, me tire de mes pensées.

Désorienté, je cligne des paupières. Il me faut encore un instant pour réaliser que je ne suis plus derrière le volant de ma vieille 205 cabossée et mal en point, mais assis confortablement dans ma rutilante Mustang, garée à deux pas du commissariat.

D'un geste du pouce, je touche l'écran de mon Smartphone. L'heure s'affiche. Je sursaute. Le temps a filé sans que je m'en rende compte. Voilà un moment que je suis là, immobile, à replonger dans tous ces événements survenus en avril 1986.

Avril 1986. Ça fait un bail, une éternité !

Je me regarde dans le miroir du rétroviseur. Je n'ai plus 26 ans mais la soixantaine passée, des poches sous les yeux et les cheveux grisonnants. Je soupire en remontant mes lunettes sur mon nez.

Pour autant, tout est clair, net, précis dans ma mémoire.

D'abord, les odeurs : le tabac froid du foyer *Clair Matin*, le parfum de Jeanne, la terre humide de la cave de la villa.

Ensuite, les sons : la voix brisée de Ric, le grincement des armoires métalliques au sous-sol du commissariat, le fracas de la boîte contenant le doigt du peintre en roulant sur le sol.

Enfin, les sentiments : la tension qui monte insidieusement. La peur qui s'installe, sourde, au fil des événements. Comme si tout cela ne s'était pas déroulé il y a des décennies, mais la veille.

Je tourne la clé dans le démarreur : il est grand temps de rejoindre l'église où vont se dérouler les funérailles d'Éric Vinkler.

Ric, mon ami. Un dernier rendez-vous.

Je m'engage sur le cours Fauriel à vive allure pour rejoindre l'autoroute. Je vais être en retard, c'est certain.

Le pied à fond sur l'accélérateur, je suis toujours à mes pensées, entre deux mondes.

Après son départ pour les Bahamas, je n'ai jamais revu Ric. Pas une fois. Et aucune nouvelle non plus. Pas une carte postale, pas un coup de fil un soir de nostalgie. Rien.

Au début, j'ai espéré qu'il reviendrait une fois la plaie cicatrisée. Qu'on boirait une bière ensemble, qu'on parlerait des Verts, de tout et de rien, comme avant. Mais ça n'a pas été le cas.

Près de quarante années ont passé.

Sans doute avait-il refait sa vie, sur cette île à l'autre bout du monde, loin de Saint-Étienne, loin du fantôme de Rosita et du flic qu'il avait été ? Je ne le saurai jamais.

La seule nouvelle que j'ai eue de lui, c'était il y a cinq jours. Un notaire m'a appelé depuis Marseille pour m'annoncer son décès. C'est Éric lui-même qui lui avait expressément demandé de me prévenir.

Longue maladie. C'est tout ce qu'il savait. Dans son testament, Ric avait exprimé le souhait d'être rapatrié et enterré ici, dans la Loire, à Craintilleux plus précisément. C'est le village où il passait ses vacances quand il était gamin. Je me souviens de ses anecdotes quand il évoquait ces étés-là.

Lorsque j'arrive devant la petite église, je constate avec stupeur que la messe des funérailles est terminée. Mon retour dans le passé, à ma vie d'autrefois, m'a fait perdre la notion du temps.

Je range ma voiture sur le parking à côté et rejoins les personnes rassemblées devant l'église. Il n'y a pas foule. Beaucoup de visages inconnus. Mais je reconnais aussi plusieurs collègues qui ont travaillé avec Ric ou l'ont côtoyé au sein de la police.

Un homme appuyé sur une canne m'observe. Il me faut quelques secondes pour mettre un nom sur son visage.

Clovis Bertin.

Il doit approcher des 80 ans. Il n'a plus un cheveu sur le crâne, mais arbore toujours cet affreux rictus qui lui tord la bouche. Ça fait des années qu'il a pris sa retraite et je ne l'avais jamais revu. Je sais seulement qu'il a pris une balle lors d'une interpellation musclée. Le projectile lui ayant fracassé la hanche, c'est pour cette raison qu'il boîte.

Qu'est-ce que Carotte vient faire ici. Il n'a jamais pu blairer Ric et il a même tout fait pour l'enfoncer lors de l'affaire Machado, pensé-je.

— Salut Lenatnof, dit-il en me tendant la main.

Je la serre, même si ça me coûte.

— Je suis surpris de te voir ici. Vous n'étiez pas les meilleurs amis du monde, dis-je d'une voix acide.

Il baisse légèrement la tête.

— Je sais. Vinkler était un fanfaron. Tout lui réussissait. Son taux de réussite dans les enquêtes était largement au-dessus de la moyenne... et du mien. J'étais jaloux, je l'avoue. Quand il a été impliqué dans cette affaire, je me suis défoulé sur lui... il ne méritait pas ça. Je sais que ça a brisé sa carrière. Je m'en suis toujours voulu.

Puis, d'une voix plus basse, il poursuit :

— Je dois aussi t'avouer quelque chose. J'allais souvent voir Rosita en cachette à *l'Oiseau de Nuit*, ce cabaret où elle dansait. J'étais amoureux d'elle. On a couché ensemble une fois. Une seule. Quand je lui ai dit que j'étais flic et un collègue de Vinkler, elle a regretté et m'a demandé de ne plus jamais l'approcher.

Je le fixe, abasourdi et furieux.

— Tu te rends compte de ce que tu dis ? Tu faisais un suspect idéal dans cette affaire. L'amoureux rejeté qui supprime la femme qu'il aime et accuse son compagnon du crime. Tu ne t'en es pas vanté à l'époque. Heureusement que Ric a été innocenté grâce au doigt de Machado retrouvé chez Jeanne Orsini.

Bertin détourne le regard, puis me questionne :

— Pour ce double assassinat, elle a écopé de la perpétuité. Pas de libération conditionnelle possible avant quinze ans. Tu sais ce qu'elle est devenue depuis ?

— J'ai su qu'elle avait obtenu une remise de peine pour bonne conduite. Elle a fini par sortir. C'était il y a quelques années déjà. Allez... salut.

Je n'ai aucune envie de poursuivre cette conversation avec celui qui a tout fait pour charger Ric, alors je m'éloigne. Quelques mètres plus loin, je me retourne malgré moi. Courbé sur sa canne, Bertin s'en va en claudiquant.

Les employés des pompes funèbres soulèvent alors le cercueil et se dirigent vers le cimetière, juste à côté de l'église.

Je suis de loin le cortège.

Lorsque le cercueil est descendu en terre, le silence se fait pour un dernier adieu respectueux. C'est là que je remarque cette femme âgée vêtue de noir. Elle se tamponne les yeux avec un mouchoir. Son visage m'est vaguement familier. Une impression de déjà-vu.

Je m'approche davantage. Et là, je la reconnais.

C'est Jeanne Orsini.

36

Les gens quittent le cimetière les uns après les autres. Jeanne, elle, ne bouge pas, les yeux rivés sur le cercueil au fond de la tombe.

Elle s'avance d'un pas et laisse tomber la rose qu'elle tenait à la main. Une rose rouge, éclatante, presque provocante dans ce décor de gris et de noir.

Je fais un rapide calcul. À l'époque des faits, elle avait trente-deux ans. Donc soixante-douze aujourd'hui. Bien sûr, elle a vieilli, mais elle a toujours cette allure, cette classe qui fait qu'on la remarque, qu'elle capte l'attention.

Je ne résiste pas à l'envie de savoir pourquoi elle se trouve là.

Lorsque je m'approche, elle ne semble pas surprise et esquisse même un infime sourire.

— Bonjour, commissaire Lenatnof.

À mon air étonné, elle précise d'une voix calme :

— J'ai suivi votre parcours professionnel dans la presse. Ric était très fier de vous, de tout ce que vous avez accompli. Il était convaincu que vous feriez une belle carrière. Il ne s'est pas trompé.

Abasourdi par ses paroles, je blêmis.

— Comment savez-vous ça ? Vous l'avez revu ? fais-je, stupéfait.

Avant de répondre, elle jette un dernier regard vers la tombe.

— Je vais tout vous expliquer, mais pas ici.

J'hésite une fraction de seconde. Je ne sais pas pourquoi, mais j'ai la certitude que ce qu'elle s'apprête à me dire va rouvrir une porte que je croyais définitivement refermée.

— Très bien, dis-je finalement.

Elle tourne les talons et s'éloigne. Je la suis, vaguement inquiet.

Nous quittons le cimetière et gagnons le parking où ma voiture est garée. D'un signe de la tête, elle m'indique le chemin situé sur notre gauche. Côte à côte, nous nous dirigeons vers la Loire qui s'écoule en contrebas. J'entends le fracas sourd et régulier de l'eau sur les rochers.

Quand nous atteignons le pont surplombant le ruisseau qui se jette plus loin dans le fleuve, Jeanne s'arrête net. Les mains sur la barrière, elle laisse son regard se perdre dans le mouvement de l'eau juste en dessous.

— Ric vous aimait beaucoup. Il me parlait souvent de vous et disait : « *Boris, c'est comme mon frère.* »

Ému malgré moi, je pose ma main sur son avant-bras.

— Expliquez-moi, s'il vous plaît, insisté-je.

Jeanne prend une profonde inspiration.

— Pendant mes longues années de détention, Ric n'a jamais cessé de prendre de mes nouvelles. Au début, je déchirais ses lettres sans même les ouvrir. Je le haïssais de toutes mes forces pour ce qu'il m'avait fait. Avec le temps, ma colère s'est apaisée. Un jour, j'ai fini par en lire une. Puis une autre. Il voulait savoir comment j'allais, il s'inquiétait de ma santé, de la façon dont je tenais le coup. Il m'écrivait des Bahamas, d'Argentine, d'Afrique du Sud, en me racontant ses voyages, sa vie. Lorsque j'ai été transférée à la maison d'arrêt des Baumettes, il a posé ses valises et s'est installé à Marseille, tout près. Et quand j'ai enfin retrouvé la liberté, il était là. On s'est revus.

Elle esquisse un sourire mélancolique.

— Très vite, on a décidé de vivre ensemble, sans promesse ni projet. Juste être là l'un pour l'autre. Et nous ne nous sommes plus jamais quittés… jusqu'à son dernier souffle. Nous avons vécu quelque chose d'unique, Ric et moi. Une relation d'une intensité rare. Nous deux, c'était une évidence.

Tout à coup, son visage s'allonge.

— Ric s'en voulait beaucoup de m'avoir fait condamner à sa place, poursuit-elle d'une voix plus basse.

— Quoi ! Vous n'allez pas revenir là-dessus. Les jurés d'assises vous ont reconnue coupable pour les meurtres de votre amant et de Rosita Fauvel.

— Ils ont commis une erreur, dit-elle calmement. Une grave erreur judiciaire. Voilà tout.

Elle plonge son regard dans le mien, sans ciller.

— C'est Ric qui a assassiné Joao Machado et Rosita Fauvel. C'est aussi lui qui a mis le doigt du peintre dans ma villa de Montbrison. Le dernier soir où il est venu chez moi… après avoir fait l'amour, je me suis assoupie quelques minutes. Quand j'ai rouvert les yeux, il n'était plus là. Je me suis levée, pensant qu'il était allé nous resservir un verre de vin. J'ai alors vu une lumière qui filtrait sous la porte de l'atelier de Joao. Ric s'y trouvait. Sur le moment, j'ai cru qu'il fouillait, qu'il cherchait une preuve quelconque contre moi. Me sentant trahie, je l'ai mis dehors en hurlant. Mais ce n'était pas ça, non.

Elle marque une pause.

— En fait, il cachait le doigt de Joao. Il le dissimulait pour que vous le trouviez plus tard. Pour que les soupçons se détournent de lui et se reportent sur moi.

Je laisse échapper un rire bref et nerveux.

— Vous avez une imagination fertile, je vous l'accorde. Mais dites-moi, puisque vous étiez ensemble depuis votre sortie de prison, il vous a avoué que c'était lui le coupable ? Est-ce que Ric vous a regardée en face et vous a dit : *« C'est moi, Jeanne. J'ai tué Rosita et Machado »* ? Soyez honnête. Sur ce point, au moins.

— Non, murmure-t-elle en baissant la tête.

— Je n'entends rien. Parlez plus fort, Madame Orsini.

Elle relève le menton, ses traits sont tendus.

— Non ! s'écrie-t-elle. Il ne m'a rien dit de tel. Nous n'en avons d'ailleurs jamais parlé. Nous avions tiré un trait sur le passé. Nous étions heureux de nous retrouver, d'être ensemble, de profiter des années qui nous restaient.

Sa voix s'adoucit.

— Pourtant, parfois, ses yeux le trahissaient. Sa façon de me regarder quand il pensait que je ne le voyais pas. Il y avait comme un voile. Quelque chose qui ressemblait fort à de la culpabilité.

— Et vous voulez me faire croire que vous ne lui en vouliez pas ? Pas de rancune après ce que vous affirmez qu'il a fait ?

— Au début, si. Mais comme je vous l'ai dit, avec le temps...

Un silence s'installe, seulement perturbé par le clapotis de l'eau sous le pont.

— Lorsque votre collègue... comment s'appelait-il déjà ? Celui qui était roux.

— Clovis Bertin.

— Voilà. Quand il m'a annoncé avoir retrouvé l'index de Joao chez moi, tout est devenu clair. Ça ne pouvait être que Ric qui l'avait mis là. À cet instant précis, j'ai compris. Il m'avait utilisée, s'était servi de moi comme d'un pion. Et j'allais payer pour les meurtres qu'il avait commis.

Je m'apprête à l'interrompre, mais elle est plus rapide que moi.

— Rappelez-vous, insiste-t-elle. Lors de la perquisition menée quelques jours avant mon arrestation, les policiers qui vous accompagnaient avaient retourné la villa de fond en comble sans rien trouver. Et soudain, l'inspecteur Bertin a une illumination, obtient un mandat du juge et perquisitionne alors que je suis à l'aéroport...

— Une source anonyme nous avait rencardés, la coupé-je.

— Mais bien sûr ! Une source providentielle, comme il en existe tant dans les dossiers bien ficelés. Ne me prenez pas pour une idiote, commissaire. C'est Ric qui vous a soufflé l'idée de revenir fouiller chez moi après avoir planqué le bocal contenant le doigt. C'est comme ça que l'inspecteur Bertin est tombé sur cette pièce à conviction accablante pour celui qui la possède. Moi, en l'occurrence.

Jeanne me fixe longuement, comme si elle cherchait à mesurer l'effet de ses paroles sur moi.

— Vous vous êtes fait avoir par votre meilleur ami. Vous n'avez rien vu, rien compris. Ric savait où placer cette pièce maîtresse, comment vous guider jusqu'à elle, et surtout à quel moment. Il a fait de vous sa marionnette et vous a manipulé sans que vous ne vous en rendiez compte.

Je secoue la tête avec vigueur, refusant d'entrer dans son jeu.

— Ce que vous dites n'a aucun sens. C'est absurde. C'est votre manière de réécrire l'histoire pour la rendre supportable. Ric n'était pas comme ça, insisté-je. Il avait ses failles, ses excès, mais pas ce sang-froid-là. Pas cette perversité.

Non seulement elle ne cille pas, mais affiche un air amusé.

— Alors expliquez-moi pourquoi il a disparu de la circulation ? Pourquoi il a tout abandonné, son métier, ses relations, vous y compris ? Vous étiez pourtant son ami le plus proche, non ?

Cette femme a de la répartie. Elle ne lâche rien.

— C'est pourtant évident. Il a perdu celle qu'il aimait et comme ça ne suffisait pas, il a été injustement accusé. Tout ça l'a brisé. Il a choisi de couper les ponts, partir et tout recommencer ailleurs. À sa place, j'aurais sans doute fait la même chose.

— Sans doute, répète-t-elle avec un sourire énigmatique. Moi, je ne partage pas votre analyse. J'ai longtemps cherché pourquoi il avait commis ces crimes avant de trouver la seule explication plausible. Même si je n'ai aucune preuve, je suis certaine qu'il a tout manigancé avec Clélia Machado.

— Décidément, vous n'êtes jamais à court d'accusations ? dis-je en haussant le ton, agacé par ses élucubrations.

— Jamais, en effet. Surtout quand elles s'appuient sur des faits. Si vous aviez fait preuve d'un peu plus de curiosité, de cette jugeote qui fait les bons flics, vous auriez suivi le parcours de la veuve après cette affaire. Vous sauriez alors qu'elle vit aujourd'hui en Floride et qu'elle a amassé une fortune colossale grâce à la vente des toiles de son défunt mari. Dans leur villa à Nice, il y en avait des dizaines en réserve, Joao me l'avait dit… des toiles terminées mais non signées. Or vous savez comme moi qu'il n'apposait l'empreinte de son index que lorsqu'elles étaient vendues. Des tas de toiles signées après sa mort, ça ne vous éveille aucun soupçon ? Et pourtant, la police n'a jamais enquêté de ce côté-là.

Elle s'arrête et me laisse digérer cette information que je ne connaissais effectivement pas.

— Ce que je sais, poursuit-elle, c'est que Joao voulait divorcer pour m'épouser, il me l'avait dit. Clélia allait tout perdre : l'argent, le statut, l'œuvre de son mari. Et elle n'a pas supporté cette idée.

Jeanne règle ses comptes. Sa voix a changé. Posée au début, elle est devenue piquante, chargée d'un venin trop longtemps contenu.

— Je ne sais pas comment elle a rencontré Ric ni comment elle l'a convaincu, mais elle a trouvé en lui l'exécutant parfait. L'instigatrice de toute cette horreur, c'est elle. Ric n'était qu'un outil pour arriver à ses fins.

— Stop, ça suffit ! crié-je en levant la main pour couper net le flot ininterrompu de ses accusations.

Je la fixe avec une lassitude teintée de pitié.

— Votre long séjour en prison vous a profondément marquée. Je crois même qu'il vous a fait perdre pied avec la réalité. Vous cherchez des responsables partout, vous échafaudez des théories, des complots, pour donner un sens à ce qui n'en a pas… ou du moins, pas celui que vous voulez lui prêter.

Jeanne ne réagit pas. Elle soutient mon regard avec une tranquillité dérangeante, comme si elle évaluait l'effet de ses paroles sur moi, comme si elle guettait le plus infime signe de doute. C'en est trop. J'en ai assez entendu. Je fais demi-tour.

Derrière moi, j'entends ses pas. Elle me suit, silencieuse.

Une fois sur le parking, je me retourne. Elle me tend la main.

— Adieu, commissaire. Je ne pense pas que nous nous reverrons.

— Non. En effet, dis-je en la saluant.

Je m'installe derrière le volant. Elle passe devant moi et rejoint sa voiture. Droite, fière, le menton haut, elle ralentit imperceptiblement à ma hauteur. Nos regards se croisent une dernière fois. Un sourire à peine esquissé étire ses lèvres.

Je reste là, immobile, les mains crispées sur le volant. Son sourire continue de me hanter. Il n'avait rien de triomphant.

Je démarre enfin. La route défile, mais mes pensées, elles, restent bloquées sur un détail. Un seul.

Cette précision presque clinique avec laquelle Ric avait toujours anticipé mes réactions. Cette manière qu'il avait eue dans le parloir de la prison de m'encourager à ne pas lâcher, de me pousser à fouiller encore. Une phrase me revient à l'esprit : *« Tu verras, Boris, la vérité finit toujours par se montrer à celui qui la cherche vraiment. »*

À l'époque, j'y avais vu une preuve de son innocence.

Aujourd'hui, je n'en suis plus aussi sûr. Pour la première fois depuis des décennies, une question que je n'avais jamais osé formuler s'impose à moi, implacable.

Et si Jeanne disait vrai ? pensé-je. *Si Ric s'était servi de moi ?*

Je secoue la tête pour chasser cette idée.

— Non, non ! murmuré-je pour moi-même.

Cette femme m'a embrouillé l'esprit avec cette manière bien à elle de tordre les faits jusqu'à les rendre crédibles. Elle a toujours eu ce talent-là. Celui de s'insinuer dans les failles, de semer le doute là où il n'y en a pas.

— C'est une manipulatrice hors pair, voilà tout !

C'est ce que je me répète. Ce que je veux croire.

Pourtant, ses paroles s'accrochent et refusent de disparaître. Je baisse la vitre. L'air frais envahit l'habitacle et j'inspire profondément, cherchant à reprendre le contrôle.

37

Au volant de ma Mustang, durant le trajet du retour à Saint-Étienne, je me fais une raison : Jeanne Orsini avait besoin de vider son sac.

Après toutes ces années de rancœur, elle m'a déballé sa version des faits, celle qui faisait d'elle la victime d'une machination. Et moi, le vieux flic pourtant rodé, je me suis fait avoir comme un bleu.

Le dossier, je l'ai relu des dizaines de fois. Je connais chaque ligne, chaque déposition, chaque rapport technique. Et jamais je n'ai douté, ne serait-ce qu'un instant, de l'innocence de Ric et de la culpabilité de Jeanne. Tout pointait vers elle. Tout, jusqu'à aujourd'hui. Jusqu'à cette discussion qui a ébranlé mes certitudes.

Lorsque je mets le clignotant pour quitter le cours Fauriel et me garer, je me surprends à sourire.

Cette femme a une force de conviction exceptionnelle. Elle possède un charisme magnétique, un talent de persuasion hors du commun qui ferait vaciller le pape lui-même dans sa foi.

À peine ai-je franchi les portes de l'hôtel de police que Ginette s'avance vers moi.

— Ce paquet est pour vous, commissaire. Le facteur a insisté pour que quelqu'un signe. Comme vous n'étiez pas là, j'ai fait le nécessaire.

— Merci, Ginette, dis-je en m'en emparant.

Le colis est enveloppé dans un épais papier kraft, soigneusement ficelé. Il est plus lourd que je ne l'imaginais.

À l'étage, mon bureau m'attend avec son désordre habituel et les dossiers en cours. Mais d'abord, voyons le contenu de ce paquet. Jamais je n'en reçois au bureau. Un frisson désagréable me parcourt.

Pas d'expéditeur, juste mon nom et l'adresse du commissariat.

À travers l'emballage, je sens des contours épais.

Qu'est-ce que ça peut bien être ?

J'insère le coupe-papier dans un repli et j'entaille doucement le papier. Je devine des couleurs. Lorsque je finis de dégager l'emballage, je n'en crois pas mes yeux.

Mon cœur manque un battement.

C'est une toile. Un tableau de peintre.

Mon regard glisse aussitôt vers le bas du cadre, à la recherche de la signature. Mais au fond de moi, je sais déjà. Je sais avant même de la voir.

Pas de surprise : c'est le nom de Joao Machado qui figure en bonne place. Juste en dessous, l'empreinte d'un doigt.

— Bon Dieu… mais c'est quoi ce bordel ?

Je le saisis à deux mains et l'examine de plus près.

C'est une vue panoramique méditerranéenne. Un soleil couchant sur la côte. Les bleus profonds de la mer et du ciel contrastent avec les violets et les ocres des montagnes lointaines. Plus près, une végétation généreuse, des feuillages aux verts variés et des broussailles aux teintes orangées. L'ensemble est d'une beauté à couper le souffle.

Je le retourne machinalement.

Il y a une enveloppe coincée entre le châssis et la toile.

Soudain fébrile, je la retire et la décachette délicatement.

À l'intérieur, un bout de journal et une simple feuille de papier. Mes doigts hésitent un instant avant de la déplier.

Des pattes de mouche, nerveuses et irrégulières.

Une écriture que je reconnaîtrais entre mille. Celle de Ric.

Les premiers mots confirment mon intuition :

« *Salut Boris, c'est Ric…* »

Je m'assois brusquement et passe une main sur mon visage. C'est un cauchemar, forcément. Un de ces mauvais rêves qui s'acharnent, trop précis pour être vrais.

Je ferme les yeux, inspire, puis les rouvre. Les mêmes mots.

« Salut Boris, c'est Ric... »

Non. Je ne rêve pas. Alors, je me plonge dans le courrier d'Éric Vinkler.

« Si tu lis ces lignes, c'est que le notaire a exécuté mes dernières volontés : te faire parvenir, le jour de mon enterrement, ce tableau, la coupure de presse et cette lettre.

J'ai voulu tout te raconter des dizaines de fois. Mais le courage m'a manqué. Ce que j'avais à t'avouer était trop lourd, trop infâme et j'avais honte. Honte de ce que je t'ai fait subir. Honte de t'avoir menti et manipulé.

C'est lâche de me cacher derrière des mots, mais c'est la seule façon que j'ai trouvée pour te dire enfin toute la vérité.

Oui, c'est moi qui ai tué Rosita... ma Rosita et Joao Machado.

Je ne chercherai pas à me dédouaner. Je n'ai aucune circonstance atténuante. J'ai été un voyou de la pire espèce. Et je me dégoûte de t'avoir entraîné là-dedans. Je devais énormément de fric à des types peu recommandables et je n'avais plus d'issue. Ils m'avaient déjà tabassé plusieurs fois, sans traces visibles pour éviter les soupçons.

J'ai rencontré Clélia Machado dans un restaurant du centre-ville où je déjeunais. Elle m'a dit avoir racheté toutes mes dettes. Elle m'a aussi montré des photos de nos magouilles avec Rosita : elle au bras d'hommes riches entrant au Grand Hôtel, moi encaissant l'argent contre des négatifs compromettants. De quoi me détruire.

Quand je lui ai demandé ce qu'elle attendait de moi en retour, elle m'a raconté que son mari voulait divorcer pour épouser sa maîtresse. Elle voulait l'éliminer et faire accuser cette femme. Ensuite, elle m'a expliqué, étape par étape, ce que j'allais devoir faire.

Des types se tenaient derrière elle. Ceux que tu as vus cette nuit-là, dans ce bar, après que je t'ai appelé en panique pour te dire... ou plutôt pour te faire croire que j'avais perdu de l'argent.

Tout était calculé. Il fallait que je dorme chez toi.

Quand tu es allé dans ta chambre me chercher un tee-shirt, j'en ai profité pour mettre dans ton café le somnifère qu'elle m'avait fourni. Tu t'es endormi profondément.

Devant ton immeuble, les sbires de Clélia m'attendaient dans une voiture. Ils m'ont conduit jusqu'au Grand Hôtel.

Quand j'ai fait irruption dans la chambre pour abattre le peintre, je me suis retrouvé face à Rosita... ma Rosita. Bien sûr, je savais que cette pièce servait à nos combines. Mais ce soir-là, je ne savais pas qu'elle serait là. Je te le jure, Boris.

J'aurais voulu disparaître, ne jamais avoir franchi cette porte. Mais j'étais allé trop loin. Il n'y avait plus de retour possible. Alors j'ai appuyé sur la détente. Cette image m'a hanté toute ma vie. Chaque nuit, je revoyais leurs visages, j'entendais les coups de feu.

Tu l'as compris : je n'ai jamais vendu le Luger. Encore un mensonge.

En fuyant par les toits, encore sous le choc d'avoir tué celle que j'aimais, j'ai failli tomber dans le vide. C'était peut-être la fin que je méritais.

Quand j'ai rejoint la rue, Jeanne m'a aperçu lorsque j'ai allumé une cigarette avec ce foutu briquet que tu m'avais offert. Un geste machinal qui a bien failli tout faire capoter.

Les hommes de Clélia attendaient dans leur voiture garée plus loin. Comme convenu, je leur ai remis l'index de Machado. L'un d'eux l'a enveloppé avec soin dans un linge : Clélia tenait enfin la pièce maîtresse de son plan.

Par contre, ce qui n'était pas prévu, c'est que l'un d'eux m'a pris le Luger, le silencieux et le sécateur. « On va faire disparaître tout ça, ordre de la patronne », a-t-il dit d'une voix qui n'admettait aucune réplique.

J'ai compris plus tard que je venais de perdre le contrôle. Clélia avait verrouillé chaque détail.

Ensuite, ils m'ont ramené chez toi, puis ils sont partis pour l'atelier de Machado à Nice où ils allaient pouvoir authentifier toutes les toiles terminées pour en faire de l'or en barre.

Le lendemain, ils sont revenus avec le doigt. Comme Clélia me l'avait ordonné, je devais le planquer chez Jeanne afin qu'il soit découvert lors de la perquisition qui allait immanquablement avoir lieu chez elle.

Tout était calculé, prémédité. Tout devait converger vers elle.

Mais ce qui n'était pas prévu, c'est que je suis tombé amoureux, raide dingue de Jeanne à la seconde où je l'ai vue.

Je suis retourné chez elle plusieurs fois avec ce même objectif en tête : cacher le doigt de Machado. Je me répétais que je n'avais pas le choix. Mais à chaque fois, je renonçais.

Clélia me harcelait, me rappelant mes dettes qu'elle avait épongées, mais aussi les photos compromettantes qu'elle détenait.

Comme je refusais de faire porter le chapeau à Jeanne, elle m'a dit froidement que je serais bien obligé de céder.

J'ai compris ce qu'elle voulait dire quand tu m'as annoncé que Franck Lebrac s'était soi-disant suicidé et qu'un Luger avait été retrouvé près du corps. « Mon Luger ».

Elle m'avait piégé une fois de plus. Aussi, pour sauver ma peau, j'ai fini par céder, je n'avais plus d'alternative.

Le dernier soir passé chez Jeanne, après avoir fait l'amour, elle s'est endormie. J'en ai profité pour relever les empreintes qu'elle avait laissées sur son verre de vin à l'aide de ruban adhésif.

Après, je les ai transférées sur le bocal contenant l'index de Machado, avant de dissimuler le tout parmi les affaires du peintre.

Ensuite, j'ai insisté pour que tu retournes fouiller chez elle.

La suite, tu la connais. Elle a été inculpée du double meurtre à ma place. Clélia avait tout planifié. Tout anticipé. Et moi, j'ai été l'exécutant. Un pion dans son plan machiavélique.

Une fois que tout a été terminé, je suis allé la retrouver, à Nice.

À la manière dont elle me regardait chaque fois que nous nous sommes vus, je savais que je lui plaisais. Alors je l'ai séduite.

Non pas parce qu'elle m'attirait, mais parce que je voulais comprendre.

Notre liaison a duré quelques semaines.

Une nuit, je l'ai poussée à boire plus que de raison. Quand sa méfiance s'est relâchée, je l'ai questionnée.

Entre deux verres, elle m'a avoué qu'après la mort de Joao, Franck Lebrac était allé la voir à l'hôtel Terminus où elle séjournait. Il craignait que Peggy Dubois, sa fille, soit privée de l'héritage qui lui revenait. Pour la protéger, Franck avait menacé Clélia : si elle tentait quoi que ce soit, le moindre coup tordu, il livrerait à la presse les lettres brûlantes que Machado avait écrites à sa maîtresse et qu'il avait conservées, bien sûr.

Comme Clélia ne comprenait rien, il avait expliqué avoir monté une combine avec Laetitia Dubois, sa compagne d'alors. Celle-ci était enceinte de leur enfant quand elle avait enfin répondu aux avances répétées du peintre. Ensuite, elle lui avait fait croire qu'il en était le père, afin de le pousser à reconnaître l'enfant et à lui assurer un bel avenir.

Pour Clélia, il était impensable que ce maître chanteur puisse, un jour ou l'autre, ternir la mémoire de son défunt mari dont les œuvres étaient promises à une reconnaissance posthume.

Un de ses hommes de main s'est rendu au foyer où vivait Lebrac. Après l'avoir assommé, il a passé une corde autour de son cou avant de faire basculer son corps inerte par la fenêtre. Il a ensuite refermé la porte à l'aide d'un passe, laissant la clé à l'intérieur pour accréditer la thèse du suicide.

Enfin, il a délibérément laissé sur place mon Luger, l'arme avec laquelle j'ai abattu Machado et Rosita.

Ainsi, je me retrouvais impliqué dans les trois meurtres.

Clélia a fait d'une pierre deux coups : éliminer la menace que représentait Lebrac pour elle et m'obliger à compromettre Jeanne alors que je m'y étais jusque-là refusé. C'est pourtant ce que j'ai fini par faire en dissimulant l'index chez elle.

Voilà toute l'histoire... enfin, pas tout à fait.

Cette fameuse nuit à Nice où Clélia m'a tout révélé, j'ai attendu qu'elle se soit endormie pour quitter les lieux en volant un tableau.

Un tableau précis. Celui que tu as sous les yeux. Cette toile, c'est la preuve irréfutable qu'elle a commandité l'assassinat de son mari.

Pourquoi en suis-je certain ? Parce qu'un journaliste avait rendu visite à Machado dans son atelier niçois quelque temps avant sa venue à Saint-Étienne pour l'exposition au Musée d'Art et d'Industrie.

Sur le cliché que ce reporter a pris, on voit très bien que la toile est achevée, mais qu'elle ne porte pas l'empreinte de son doigt. Or, comme tu le sais, Machado n'apposait sa marque que lorsqu'elle était vendue. Un geste qu'il répétait depuis toujours. Les galeristes le savaient, les experts aussi.

Examine de près le tableau.

Son empreinte y figure. Cela signifie que la signature a été apposée post mortem, après son meurtre au Grand Hôtel. Comme la toile se trouvait à Nice dans leur villa, seul l'un des hommes de main de Clélia pouvait accomplir ce geste pour parfaire l'illusion d'une œuvre léguée du vivant du peintre.

Flic un jour, flic toujours pour contredire cet enfoiré de Bertin !

Cette photo, je l'ai dénichée dans le Progrès. Tu connais le journaliste qui a écrit l'article. Il s'agit de Jacky Léoni. Lors des funérailles de Machado, il nous avait parlé de ce reportage qu'il avait fait en se rendant à Nice pour l'interviewer et photographier ses toiles. Comme tout bon journaliste, il a dû conserver le négatif. Si ce n'est pas le cas, tu as toujours ce fragment de journal.

Quand j'ai dérobé cette toile, je savais que Clélia me traquerait sans relâche pour la récupérer. J'ai donc laissé, à la place du tableau, la coupure de presse accompagnée d'un mot stipulant que, si je mourais dans des circonstances suspectes, l'existence du tableau serait révélée par mon notaire, chez qui il était conservé. Je te le confie ainsi que cette lettre d'aveux. Je sais que tu sauras faire ce qui est juste.

Je n'attends pas ton pardon. Je ne le mérite pas. Je n'espère pas non plus que tu comprennes. Je tenais juste à ce que tu saches la vérité. Toi plus que quiconque.

Adieu, mon ami.

Ric »

Complètement sonné par ce que je viens de lire, la lettre tremble entre mes doigts.

J'attends quelques instants que mon cœur cesse de marteler ma poitrine. Quand il retrouve un rythme plus régulier, je relis certains passages, une fois, puis une autre, m'accrochant à l'espoir d'y déceler une faille, une contradiction, le détail qui ferait tout s'effondrer.

Mais il n'y a rien. Tout s'emboîte parfaitement.

Je saisis enfin les silences de Ric, ses regards fuyants, ses absences inexpliquées. Tout était là, sous mes yeux. Et je n'ai rien vu. Ou plutôt, je n'ai rien voulu voir.

L'ombre du doute, cette infime incertitude qui aurait dû ébranler mon jugement et me faire réagir ne m'a jamais effleuré l'esprit… ou alors si peu.

Ric a trahi ma confiance. Il m'a manipulé et j'ai envoyé une innocente derrière les barreaux, convaincu d'agir au nom de la justice, alors que je n'étais qu'un rouage dans sa mécanique bien huilée.

Je ferme les yeux.

En pensée, je revois Jeanne Orsini sur le pont à Craintilleux. Sa voix posée. Sa certitude inébranlable.

Je le sais désormais : elle n'a jamais menti.

Mon regard s'accroche au tableau. Une simple toile, en apparence. Mais à mes yeux, c'est une pièce à conviction. Tout comme les aveux posthumes laissés par Ric.

Les faits, eux, sont prescrits depuis longtemps. La justice ne pourra plus rien contre Clélia Machado, l'instigatrice de ce drame horrible.

Quant à Jeanne, rien ni personne ne lui rendra les années perdues, ni les nuits passées enfermée entre quatre murs.

Rester sans rien faire ?

Impossible. Ce serait mal me connaître.

Je vais alerter la presse, remettre les preuves à quelqu'un de confiance. Même si Clélia ne paiera jamais pour ses actes, je peux au moins rendre son honneur à Jeanne.

— Grâce à toi, Ric, la vérité va éclater au grand jour, murmuré-je. Flic un jour, flic toujours.

Je saisis le téléphone et compose, sans hésiter, le numéro de Jacky Léoni, journaliste au *Progrès*.

FIN

NOTE DE L'AUTEUR

Vous voilà arrivé au terme de cette histoire. J'espère qu'elle vous aura tenu en haleine, offert quelques frissons, quelques sourires aussi, et peut-être même un peu d'évasion.

Lorsque j'ai commencé ce roman, je ne savais que vaguement où tout cela allait me mener. (C'est souvent bon signe.) Certains personnages m'ont donné du fil à retordre, d'autres se sont invités sans prévenir, bousculant ce que j'avais prévu. Comme quoi, écrire, c'est un peu vivre plusieurs vies à la fois !

J'écris seul, mais en réalité, je ne le suis jamais⍰: il y a Carole, Martine et Maryse (mes drôles de dames) qui m'aident à polir les phrases, à traquer les fautes, les incohérences et j'en passe…

Et puis il y a vous, lecteurs fidèles ou de passage. Merci pour vos petits mots, vos avis, vos étoiles et vos partages : sachez qu'ils comptent énormément pour moi.

Je remercie chaleureusement Thorkael Morra pour son aide et ses conseils dans la réalisation de la couverture.

À présent, je vais faire plus ample connaissance avec un nouveau personnage. Il me trotte dans la tête depuis quelque temps et me parle déjà à voix basse : il s'appelle Milo…

Une lueur dans la nuit

Chacun a une part d'ombre

Qu'est devenue Lizzie ? La fillette s'est-elle perdue dans la forêt ? A-t-elle été enlevée ?

Ces mêmes questions hantent les pensées des vacanciers et du personnel du domaine des Hautes Chaumes niché sur les hauteurs du village de Chalmazel.

Après le passage d'une tempête dévastatrice, coupés du monde et sans moyen de communication, ils ne peuvent compter que sur eux-mêmes pour espérer la retrouver.

Lorsque le corps sans vie d'un homme est découvert, c'est le choc.

Un constat glaçant s'impose : l'assassin se cache forcément parmi eux. Cet acte criminel est-il lié à la disparition de Lizzie ?

Dans ce climat de suspicion où chacun se méfie de l'autre, la peur rôde. Tous angoissent à l'idée d'être la prochaine cible du tueur.

Dans les brumes de Chalmazel, les naufragés de la tempête se retrouvent pris au piège d'un jeu de piste oppressant.

Ne renonce jamais

Quand le destin s'en mêle…

Été 2011

Une jeune femme disparaît durant le festival de Trelins. Malgré les moyens mis en œuvre par la gendarmerie, l'enquête s'enlise. Salomé a-t-elle fugué ? A-t-elle été enlevée ? Nul ne le sait.

Été 2021

Salomé n'a jamais été retrouvée. Malgré les années, Charlie reste persuadée que sa sœur est toujours en vie. Aussi, quand la presse diffuse une photo d'elle qui lui est inconnue, elle s'interroge : qui l'a prise ? Et pourquoi Salomé n'a-t-elle pas autour du cou ce médaillon qui ne la quittait jamais ?

Lorsque Charlie se volatilise à son tour, ces mêmes questions sont sur toutes les lèvres : existe-t-il un lien entre les deux affaires ? Et si tout recommençait ?

Son oncle, policier sur le déclin, a vécu comme un échec cuisant la disparition de Salomé. Il va alors tout faire pour retrouver Charlie.

Une course contre la montre s'engage. Mais le destin s'en mêle. Et si tout était déjà écrit ? Si la réalité n'était pas celle que l'on croit ?

Déjà-Vu

Si votre vie n'était qu'une imposture ?

L'existence de Candice bascule lorsqu'elle est agressée par un inconnu. Laissée pour morte elle se réveille après des mois de coma et prend conscience que les relations avec sa famille et ses amies sont bouleversées. Que s'est-il passé durant cette période ?

Peu après avoir quitté l'hôpital, sa voiture est percutée par un chauffard : accident ou tentative de meurtre ? La jeune femme devient-elle paranoïaque ou est-elle réellement en danger ?

Avec l'aide de Rafael, le policier chargé de l'enquête, Candice va tenter de reconstituer le fil des événements mais les doutes se multiplient et les certitudes se font rares. À qui se fier ? Elle comprend aussi que la menace est toujours là.

Ce qui est certain, c'est que rien ne sera jamais plus comme avant.

Mémoire trouble

On ne revient jamais en arrière

Depuis des années, les nuits de Benjamin sont hantées de cauchemars. Toujours ces mêmes images : lors d'une soirée bien arrosée, Lola a été étranglée par Jules, le frère de Benjamin. En fuite depuis, il n'a jamais donné de nouvelles.

Est-il toujours en vie ? A-t-il mis fin à ses jours comme Benjamin s'en est persuadé au fil du temps ? Nul ne le sait.

Neuf ans après les faits, Benjamin reçoit un mail d'un inconnu. Il songe d'abord à une méprise mais il reconnaît Jules sur la photo jointe. Le choc est brutal et l'espoir fou de le retrouver renaît même s'il s'interroge : pourquoi Jules s'est-il rasé le crâne ? Et que fait-il avec Gwendoline, son ex-épouse ?

Benjamin va retourner à Montbrison, la ville de son enfance. Là, il va déterrer des secrets profondément enfouis et découvrir que ses amis, présents la nuit où Lola est morte, ont tous une part d'ombre. Sa quête va le confronter à ses propres démons car si le mensonge blesse, la vérité peut faire plus mal encore.

Rien ne s'efface

Et si une lettre venait bouleverser votre vie ?

Nuit noire et pluvieuse : des amis sortent de boîte de nuit. La soirée vire au cauchemar lorsque leur voiture en percute une autre. Laura s'en sort miraculeusement, mais perd l'enfant qu'elle attendait.

Des années plus tard, elle rencontre Nathan. Le bonheur semble enfin lui sourire lorsqu'elle part en Indonésie pour son travail. Voyage sans retour pour Laura qui disparaît dans le tsunami ravageant les côtes de l'île.

Dix ans se sont écoulés lorsque Nathan reçoit une lettre de celle qu'il n'a jamais pu oublier dans laquelle elle explique à demi-mot sa vie avant de le connaître, sujet qu'elle évitait toujours d'aborder.

Pour comprendre ce que cachent ses mots, Nathan va devoir fouiller dans le passé de Laura. De rencontres troublantes en révélations inquiétantes, cette même question revient : et si tout était lié à cet accident de voiture ?

Pour commander le(s) roman(s) de Philippe Fontanel :

Chaque roman est au tarif unitaire de 20 €uros (Frais de port 2,50€ quel que soit le nombre de livres commandés)

Vos coordonnées : (nom et adresse) ....

....

....

Prénom pour la dédicace :...

Votre adresse mail : ....

Merci de retourner ce flyer et le règlement à : Philippe Fontanel 32 route du Cluzel 42600 Lézigneux

Vous pouvez également commander directement sur le site : philippefontanel.free.fr

Pour contacter PHILIPPE FONTANEL
ph.fontanel@hotmail.fr

Ou sur la page Facebook de l'auteur :
Phil Fontanel Auteur

Ou sur le site internet :
philippefontanel.free.fr

www.ingramcontent.com/pod-product-compliance
Lightning Source LLC
LaVergne TN
LVHW010901110826
845149LV00005B/1432
* 9 7 8 2 4 9 3 6 2 8 4 4 2 *